たからもの

重度障がい者のボクとまわりの人々との物語

田辺 沙樹
TANABE Saki

文芸社

はじめに

重度の知的障がいをもって生まれてきた長男が、50歳になりました。
彼の目の奥のきらめきを感じ、また信じて、それまでの歩みをまとめてみました。
これによって、少しでも彼の苦痛に報いることを願い、祈ります。

この本を一哲《かずのり》に捧げます。

田辺　沙樹

目次

第一章　誕生

かずのり

　ボクの名前は一哲。「かずのり」と読む。ママのお父さんが、つけてくれた。みんなは「かずくん」と呼んでくれる。機嫌が悪いときのパパやママは、ボクを「かず」と呼び捨てにする。パパは、背は高くないが、昔柔道をしていたというだけあり、骨太でがっちり。ボクは、ママの顔立ちに、パパのくっきりした目と鼻がついたかなりなハンサム。

　ボクが入っていたママのお腹は、スイカを入れたように前につき出て誰からも「男の子」と言われた。女の子を望んでいたママは、がっかりしたが夜遅いパパの帰りを、ひとりで待つより一緒に待っていてくれる人ができたことで大喜びだった。大学に勤める公務員のパパは、これからの経済を心配して複雑な顔をした。

　ボクはパパの生まれ育った浜松の家の近く、パパが少しの間、検査技師として勤めていた病院で大声を張り上げて生まれた。

　細い体のママが、大きなスイカのようなボクを産むのは大変だった。病院でのボクの声は、とりわけ元気だったようで、ボクの声につられて他の赤ん坊どもが泣き始め大鳴音となった。

　看護師のおばさんたちは、大きな泣き声のボクをマークして、「また田辺さんでしょ」と言った。ママのお母さんであるボクのおばあちゃんが、困ったような、それでもうれしそうな顔でママに報告した。

魚市場での釣りたてのマグロのように、白い着物を着せられて、台の上に並べられていたボクたち新生児さまの頭を見たひとりのおじいさんが、「この子は頭がよい」とほめてくれた。これまたおばあちゃんの自慢になった。

はなばなしいデビュー。

これがボクの最高のとき。

カタカタ

ママは、ボクの思いどおりに全部してくれるので実に快適。大人たちのように体を動かす必要も

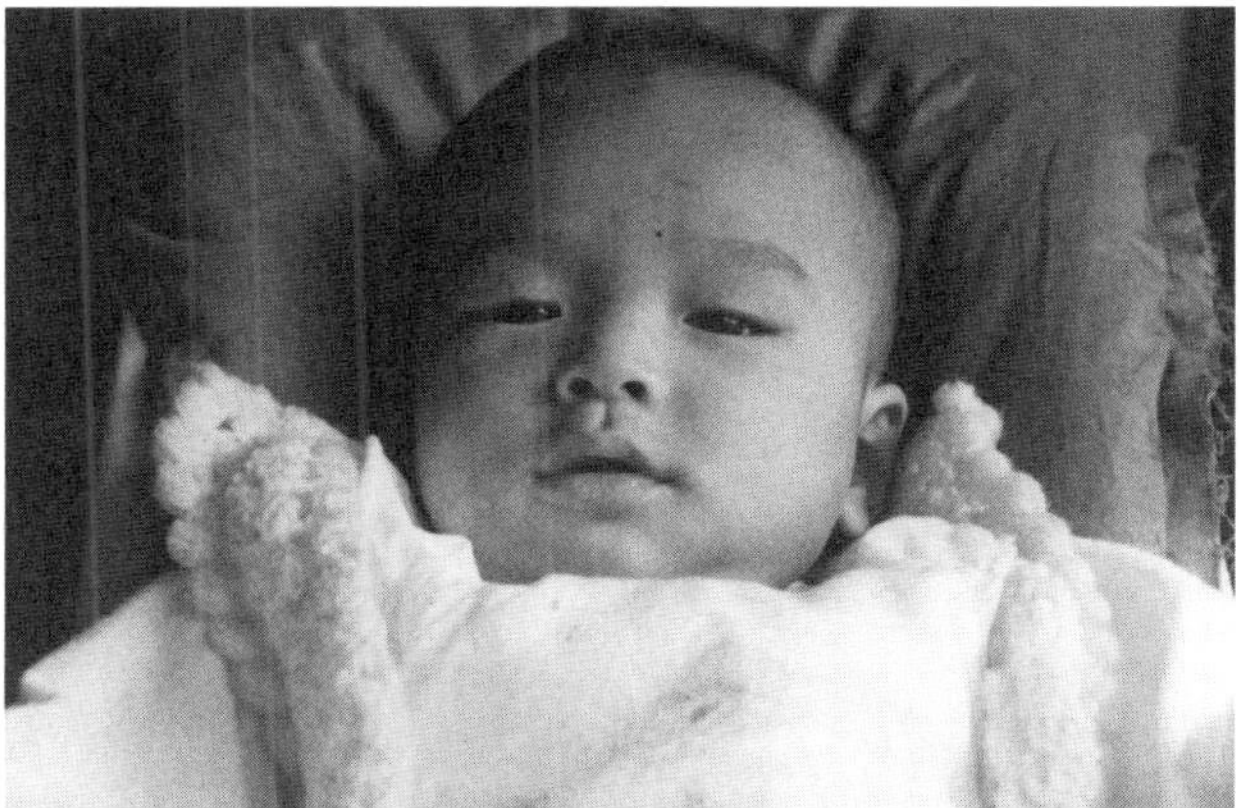

赤ちゃんのボク

ない。従って、歩くなんて思いもよらなかった。しかし、他の子たちと違って人並みに、いつまでたっても歩き出しそうもないボクを心配したパパが、動かすと音が出る歩行器を買ってくれた。

　かわいいうさぎがカタカタと音をたてるのが気に入ったボクは、住んでいた狭い宿舎の部屋を「カタカタ」を持って、向きを変えて何度も歩いた。

ボクのカタカタ

　それを見たママの友達が「持たないで、歩いたほうが早いよ」と言ったので、これ以上パパやママを心配させることもあるまい、と思い両手を上げてバンザイのポーズで歩いてやった。ボクには、ハイハイなんて必要なかった。ボクは1年7ヵ月になって、やっと歩いた。

　パパやママ、おじいちゃん、おばあちゃんも大喜びだった。みんなは人と同じことをすると安心するらしい、と初めてわかった。

あっ君の誕生

これまでがママをひとり占めして、大満足だったボクの一番幸せなとき。

あっ君が生まれるとき、ボクは、ママのお腹がボクのときと同じようにふくらんでくるにつれて、ボクをおびやかす気配を感じて面白くなかった。

そして、ママはボクたち3人が住んでいた東京の宿舎の近くの産院に入院した。緑の木がいっぱい見えて気持ちのよい8月に、パパの自転車の前の小さなイスに乗って、ボクはママに会いに行った。

赤くて小さな顔をくちゃくちゃにして笑い、そして鼻だけがちょこんと残る不思議な、かわいい生き物に会った。ボクに弟ができたのだ。あっ君は8月26日に生まれた。なんとその日は、パパの亡くなったお父さんの命日。パパのお母さんは、とってもよろこんだ。

ボクのときと同じように、ママのお父さんであるボクのおじいちゃんが名前をつけてくれた。みんなはあっ君と呼んだ。

ボクも、あき、とか　あっくん、大きくなってからは「あきおくん」。親愛の気持ちを込めて、そう呼んだ。

赤ちゃんのあっ君は、あまり泣かない生き物で、小さくてとってもかわいかった。あまりにかわいいのでママがいないとき、あっ君のベッドのそばに置いてあったミルクびんの口のゴムをママがするように、あっ君の口の中に入れてあげようとしたら、あっ君の鼻にミルクが入ってしまった。

離れていたママが戻ってきて、これはあぶない、と気づいた。それ以後、ミルクはあげられなかったけれどベッドにいるあっ君のおでこや頭をなでたり、あっ君の顔にボクの頬をよせたりすると、いいにおいがした。

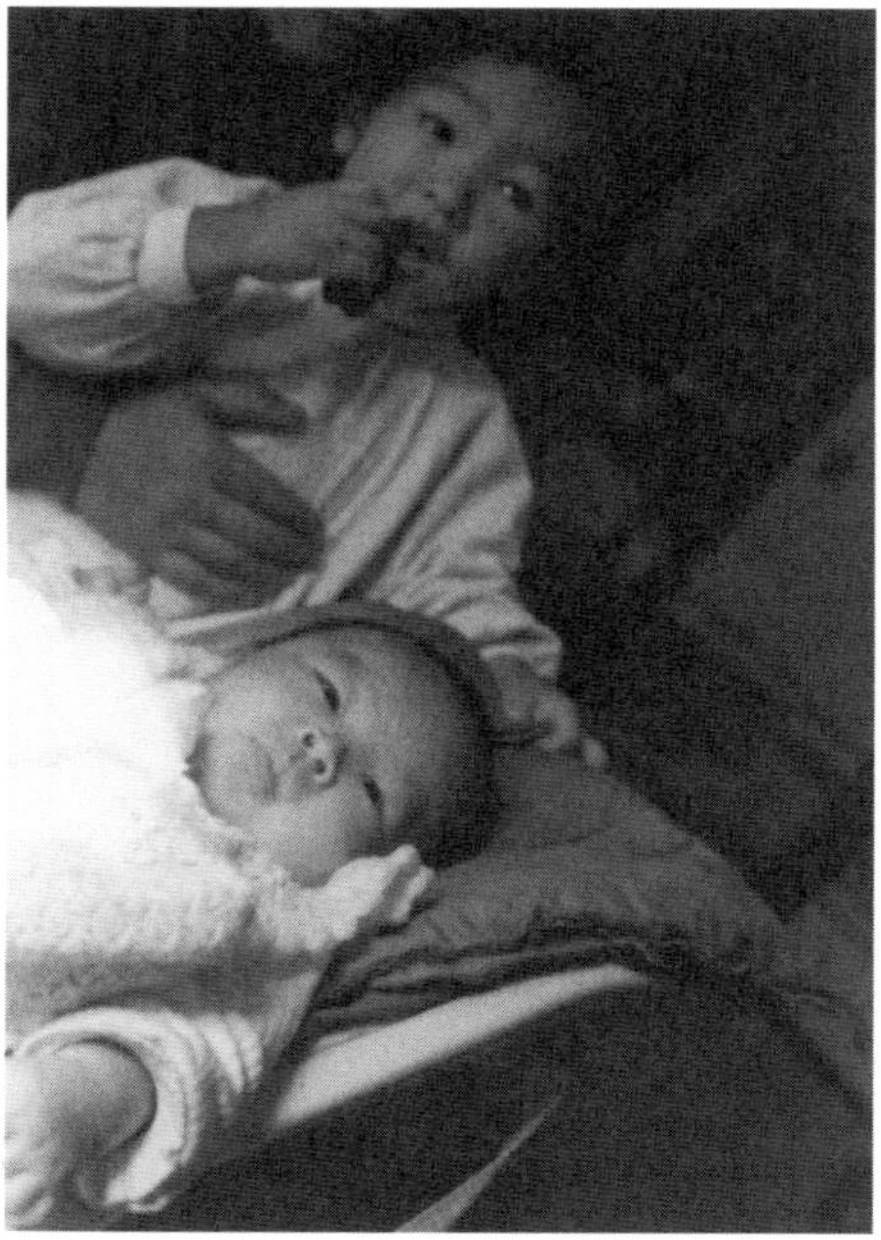

ボクとあっ君

あっ君はかわいいし大好きだったのに、新しいものや周りの変化に苦手なボクは、どうしてよいのかわからず大きな声が出て、走り回るだけだった。

ボクの大きな叫び声が、宿舎の敷地にひびきわたる夜が続いて、パパもママも気にし始めた。

それを心配したおばあちゃんが、ママが育った家、磐田のおばあちゃんの家へ、ボクたち3人を連れて行った。パパだけが宿舎に残った。

当時、宿舎の近くには新鮮なお肉を売っているお店があって、いつもにぎわっていた。

そのお店の前で大勢のお母さんたちにかこまれて、体をぴんぴんに硬直させて、大きな声を出しながら、両手を目の前でぴらぴら振っている2、3歳の男の子がいた。そのお店の子供だった。彼のお父さんは、いつも笑顔だったが、お母さんは、なぜか暗い顔をしていた。そのお母さんの顔に、ママは自分の顔を見たように思ったそうだ。

その15年後、その男の子はボクの家が引っ越した家の近くの作業所で働いていた。障がい者でありながらも誇りをもって仕事をし、グループホームで、楽しく暮らしていた。あの悲しい顔をしたお母さんは、話しかけたママに「苦労がむくわれた」と、笑顔で話した。

それを聞いたママは、自分にも笑顔でボクのことを話す日がいつかきて欲しい、と思ったそうだ。

第二章　磐田での思い出

磐田のおばあちゃん

磐田のおばあちゃんは大きな裕福な農家に生まれ、当時としては珍しく女学校まで出ていた。これから出てくる、おじいちゃんは貧しい漁師の家に生まれて、小学校を出ると、すぐに奉公に出た。そして紳士服を作る技術を学んだ。

ふたりは大変な苦労をして、ママをはじめ子供3人を東京の大学まで行かせて卒業させた。おじいちゃんは働きすぎて、片方の肺をなくしてしまった。左の肺がないので体が左に傾いていたのに、エレベーターもない時代に重い荷物を建物の5階まで階段を上って運ぶなどして、仕事を広げていった。おじいちゃんの家では、おばあちゃんの力が強かった。でもママはおじいちゃんが大好きだった。

タバコの火事

ボクのパパは国立の大学に勤めていて、論文を書くための実験を続けていた。

パパは故郷の浜松で生まれ育ち、大学院を出た。それから千葉の大きな化学会社に勤めていたが、東京の大学で働き始めた。専門は化学という学問。大学に勤めていたとき、ママと出会って1年後に結婚し、東京に住み始めた。

ボクたちが磐田へ行った後、ひとり住まいを始めたパパは、毎朝床の中でタバコを吸って起きるのが癖になった。

ある朝、タバコの火が消えていなかったらしく布団に燃え移り、ボクが、カタカタを鳴らしていた部屋の窓から煙が出た。消防車が出動。大変な騒動になった。

宿舎の人たちや、文部省、大学の係の人に謝りに行ったが、それでも懲りずにタバコを吸い続けた。ボクが大きくなったとき「タバコ・や・め・よ」と言ったのに、それでも止められなかった。

完全に止めるのには、この騒動から25年もかかった。

ほんとうにだらしのないおやじ！

ママが育った磐田のおばあちゃんの家は、東京のボクが住んでいた宿舎に比べると、とても広かった。おじいちゃんのお店は小さくて、若い男の人が働いていた。

磐田のおばあちゃんの家に、ママの妹のボクのおばちゃんもやってきて一緒に住んだ。

ママのこと

ママは東京の祐天寺で生まれた。ママのお父さんは、東京で大きな空襲があるらしい、とのニュースを聞いて、ママと、ママのお母さんのボクのおばあちゃんを連れておじいちゃんの田舎に帰った。そこで大きくなった。ママたち3人は、数ヵ月後に起こった東京大空襲には、あわずにすんだ。ママたちはそのまま帰らずに、田舎で暮らした。

ママが高校生になったとき、先生が東京の大学で勉強することを勧めてくれた。ママが東京生まれだから、とおじいちゃんもおばあちゃんも許してくれた。ただし女子大であること、女子寮に入ることが条件だった。

ママはおじいちゃんの言うとおり女子大を選び、中学生のときペンフレンドになったジャニスの影響で英語を選び、女子寮に入った。

そして大学と寮生活で、すばらしい体験をした。卒業後、さらに行きたい大学、学部があり、教授も勧めてくれたが、弟や妹のこと、おじいちゃんの経済を考えて、できなかった。

大学を卒業して東京の大きな会社に入ったが、体を悪くしてやめた。おばあちゃんは、ママが磐田へ帰らなければママの妹のボクのおばちゃんを東京の大学には行かせない、と言ったので、仕方なく磐田へ帰った。

そのおばちゃんも、東京の大学を卒業して大きな公社に入ったけれど、そこをやめて磐田のおばあちゃんの家に帰ってきた。おばちゃんは、背が高くて東京仕込みでセンスがよく、細いパンタロンがよく似合った。いつも赤いサニーを乗り回して、かっこよかった。

ボクたちは、このおばちゃんが大好きで名前から「ムッコおばちゃん」と呼んでいた。後になって、ムッコおばちゃんに全く会えなくなってもボクは時々思い出して、「ムッコおばちゃんは？」とママに聞いたことがあった。

クラゲちゃん

ムッコおばちゃんは、あっ君をとてもかわいがってくれた。ママがボクのことで、あっ君には手がまわらないときは、ママのかわりにお昼寝をさせてくれた。まだあっ君が8ヵ月だというのに早々と、かわいい歩行器を買ってくれた。

さすがにあっ君には、まだ早い。足に大丈夫か、とママは恐れたが、あっ君は上機嫌で、歩行器をのりまわした。広い廊下を、歩行器ですいすいと泳ぎまわるように。まるでクラゲのように。

ママはあっ君を「クラゲちゃん」と呼んだ。少しの段差は歩行器をひょいとあげて通り、勢いづいて玄関のコンクリートに転がることもあったけれど、あっ君は1歳になる前に歩いてしまった。ボクの歩き始めが1歳7ヵ月。

おおはばに早い。

またそれだけではなくて、あっ君はオムツがとれるのも早かった。

クラゲちゃんを卒業してヨチヨチと歩き始めた頃、ママはあっ君のオムツをやめてパンツにした。パンツが濡れると「どこで、おしっこが、出たの」とあっ君に聞くと、「ここ」と、その場所までママを連れて行った。

1歳の頃にはオムツとさよならした。これもボクよりさらに早い。

あっ君は手がかからずに育った。

そして、それからも手がかかることなく育ってくれた。

おばあちゃんの家は、廊下だらけで広かった。寒いとき、ボクは靴をはいて家中を走り回ったり、広い緑の芝生にもそのまま出たりして、やりたい放題。

広い廊下には、すべり台、パチンコ台まであった。時々、おじいちゃんや、おじいちゃんのお店の若い人が、その台に銀色の玉を入れてバネをはじいていたが、ボクには面白いとは思えなかった。

暑くなると、緑の芝生の上に青いビニールの小さなプールを作ってくれた。小さな帽子を頭に乗せたあっ君は、かわいいおちんちんを、ふわふわ水に浮かべて気持ちよさそうだった。

ボクは、気持ちのよい大好きなお風呂とは違って、急に水が目や顔に入ってくるのが嫌いだった。

だから当然、プールのかたわらにも行かなかった
でも、おばあちゃんの家は楽しかった。

なんみょうほうれんげぇきょう

ボクとあっ君は楽しかったが、パパやママは大変だった。

ボクとパパ、ママとの静かな生活に、とつぜん、あっ君が加わり、さらに家までも、今まで住んでいた所から遠く離れた所に変わった。そのことを受け入れられず、どうして良いのかわからないままに、ボクの頭は混乱して、動かなくなった。

昼間はママが、ボクとあっ君を買い物に連れていってくれたり、庭であそんだり、好きなものを食べたりして、気がまぎれているときはよいのだが、それがなくなると奇声が出て自分の頭を壁にぶつけたり、両手をあげてペラペラさせて走りまわったりした。

そして、それが終わると、次に、何が起こるのかわからなくて、自分を持て余し、目から涙が、口からは叫び声が出て、頭を壁にぶつけて、ボクを黙らせようとおんぶしてくれる人の背中を、かみついたり、また両手をあげて、手の平をペラペラ振った。そして、腰をまげて両腕をうしろに伸ばして同じようにペラペラさせて走りまわったりもした。

夜は、眠れなくて、いつまでも泣き叫び、眠れなかった。

ボクは、まるで猛獣のようだった、とおじいちゃん、おばあちゃん、パパ、ママは思った。


おばあちゃんはボクを治したくて、日蓮宗のお経を唱え始めた。

お寺に行き、大きな太鼓をたたいて大きな声で「なむみょうほうれんげぇきょう」と叫んだ。家でもお線香をつけて長い時間、お経を唱えていた。ボクも覚えてしまうくらい。

パパとママの家のふる〜ぃ昔の家系で「だれだれが苦しんでお坊さんにお経を唱えてもらうように」と言われ、お坊さんにお経をあげてもらった。しかし、それが終わると、また次の苦しんでいる人が出てきて、いつまでもお経は終わらなかった。お坊さんに払う金額だけがふくらんだが、ボクには何の変化も現れなかった。

おじいちゃんの負担だけが、ふくらんだ。パパも2ヵ月、大学を休んでボクに付き合ってくれた。

アーケード

毎日のお経とお寺通いで気の重かったママは、あっ君を乳母車に乗せボクはその前に乗って、家の近くの、アーケードという屋根のついた小さな商店街に毎日、行った。

こぢんまりした活気のあるお店がいっぱい並んでいる通りを、ボクはすぐに気に入った。これが「まち」だ、と決めた。

乳母車に乗って見たこの眺めが、いつまでも忘れられず、そのあとでもたまらなく懐かしく思い出す。今でも。やまのおくの学園や、今いるやまの学園に行っても、この町が恋しかった。

指さし

クラゲちゃんを卒業して赤ちゃんではなくなったあっ君が、口を動かしてものを言うのを見ているうちに、ボクも周りの人のことばが少しずつわかってきて話してみたい、と思った。すべてのものには名前がついているらしい。

おじいちゃんやおばあちゃん、パパ、ママの指を持って「いす」「つくえ」「くつ」などの名前を言ってもらって、それらを全部覚えた。でも、ボクの口からは、そのことばが出なかった。あっ君のように、言いたかったのに。

みんなの口を開いて調べてみた。でも、白い歯の真ん中に、赤い「した」というものがあるだけで、ボクの口と同じだった。

どうやら「した」が動かないのでは、と思った。くやしいのと怒りで、大声を出して口をかきむしったり、頭を壁にぶつけたり、自分の手の甲をかんだ。以前よりはげしく。

おばあちゃんの広い家に、ボクのわめき声が鳴りひびいた。東京の宿舎にいたときのように。

ふたたび、パパやママは、ふたりの家系をたどって調べたが、親族にボクのような子がいるかどうかは何もわからなかった。

苦しんだママは、広い廊下の鴨居に紐を縛り、その中に自分の首を入れたが紐が切れてしまった。そして夜、寝ているボクの顔を押さえたこともあった。何度もあった。

パパとママは、家族で死ぬことも考えた。

でもあっ君ひとり残すのは、つらい。

あっ君まで、道連れにはできない。

結局、あっ君が家族を助けてくれた。

あっ君は、ボクたちを明るい家庭にしてくれた。

あっ君のおかげで、あたたかな家族になれた。


こんなとき、ママの弟のボクのおじちゃんが「一緒に住みたい」と言ってきた。

このおじちゃんは、東京の大学を卒業してから東京の会社に入り、そこをやめて静岡の会社に入った。

そして、おじいちゃんの家から静岡の会社に通いたい、と言ってきた。

おじいちゃんは、おじちゃんを、お経やボクのトラブルに巻き込みたくない、そう思って反対したが、その事情が理解できないおじちゃんを誤解させてしまい、そのことが後からのトラブルにつながった。

おじいちゃんは、ボクとママをボクのような子がいる保育園や、遠くの大きな病院に車で連れて行ってくれた。

ボクは先生たちに、「見た目より重い障がいだから、治療のためにも早く東京に戻りなさい」と言われ、パパが勤める大学の近くの学園を紹介された。

結局、当時としては何もわからず、遺伝でもなく長男のみに現れる不思議な謎めいた自閉症らしいとの結論になった。

稲穂の銀貨

ボクのもう一人のおばあちゃん、パパのお母さんは浜松市に住んでいて、ボクたちを心配していたのに、ボクの騒ぎで会えなかった。

このおばあちゃんとは、ボクが生まれたとき病院で一度、そして磐田のおばあちゃんの家にいるときに会っただけだった。あっ君とは一度も会えていなかった。

ボクたちが東京へ帰ると知り、磐田のおばあちゃんの家へ、浜松から出てきてボクたちに会いに来てくれた。

そしておばあちゃんは、ひとりで働き貧しい生活の中で貯めたお金の中から、「稲穂の百円銀貨」は将来価値が出るから、と言って、片手に山ほどくれた。

これがボクの大事な資金となり、自転車のハンドルを動かすことに役立った。

東京に帰ったとき、ママは、よく大きなスーパーの屋上で、おもちゃの車に乗せてくれた。ボクは、足でペダルを踏んでハンドルを動かすと、車が行きたい方向に行くことを学んだ。

これが、ボクの愛車乗りの役にたった。お金がないママは、稲穂の銀貨をこのときに使ってしまった。おばあちゃんに感謝し、申し訳ないと思いながら。

これが、ボクとあっ君が浜松のおばあちゃんに会った最後。ママはこのおばあちゃんが大好きで、

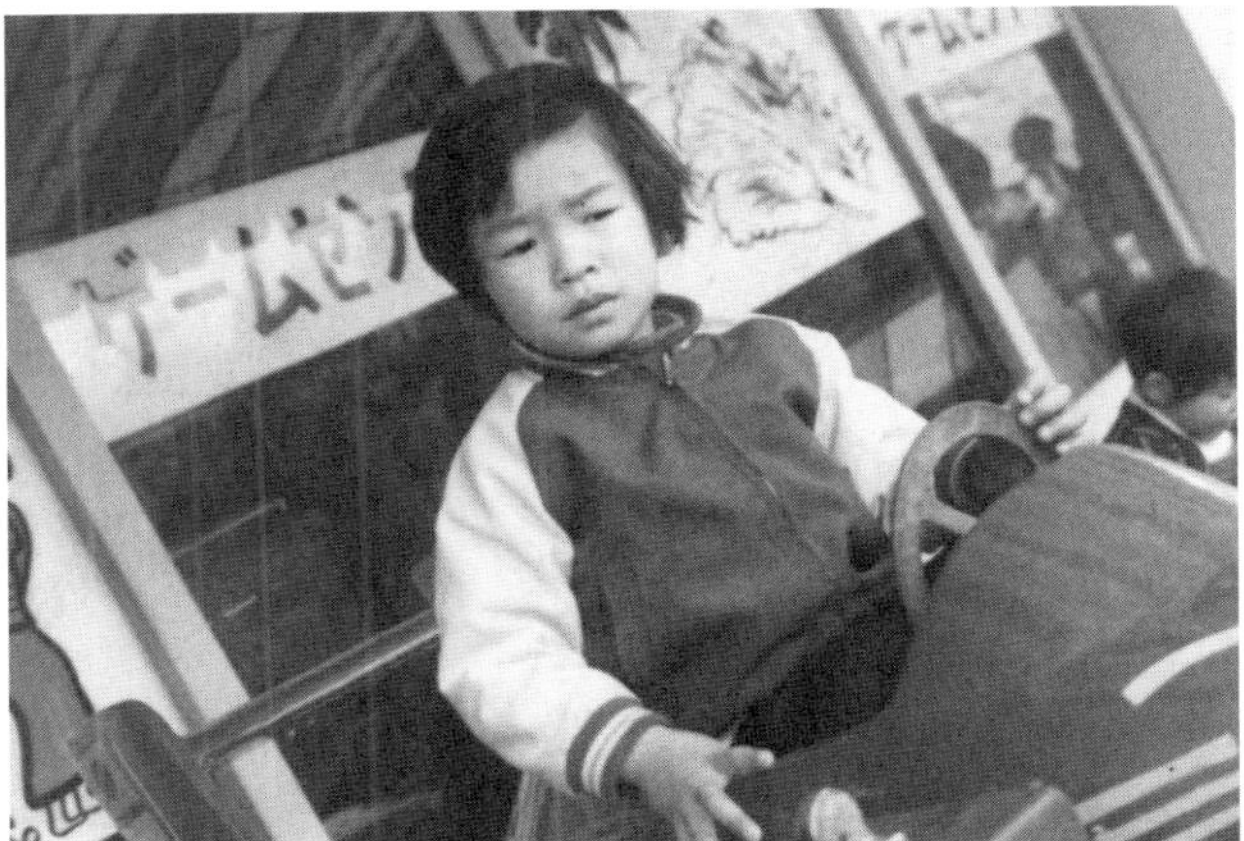

スーパーの屋上で

一緒に暮らしたい、と思っていた。

第三章　学園通い

東京の宿舎へ

ボクたち３人はパパのいる宿舎へ戻った。

すぐにパパはボクを新宿のＭ診療所に連れて行った。

「自閉症らしいが、はっきりわからない。また来るように」と言われた。

当時、自閉症の資料はなかった。

近くの児童相談所にも行ったが、相談を受けてくれる人のメガネが気になり、その分厚いメガネが珍しくて、前から後ろからとのぞいて回ったので、「これは正常な子供のすること」と、とらえられて「普通の子」と言われた。

ボクはパパの勤め先の近くの学園に毎日通うことになり、そこに通うために奥まった小さな古い家に住むことになった。車も必要になり、パパとママは思い切って手持ちのお金を使い切り車を買った。

我が家としては大変な決断、散財。

初めての学園

ボクの学園通いが始まり、社会というものへの第一歩を踏み出し始めた。

「好きでこういう子ばかりを集めている」と言う、園長のことばでボクの両親は、ほっとしたらしい。

学園生活は快適で、大いに気に入った。元気な若者、ボクの好みの美人スタッフが、根気よくボクの相手をしてくれ、楽しい毎日だった。

楽しくて両手を後ろに上げて、ペラペラと振って、走り回った。ボクのことを「ちょうちょの坊や」という人もいた。

でも、ごほうびにつられて、いやなことをさせられる「オペラント」という療法は、苦痛だった。

それと、大勢の人が集まり大声を出す場面が苦

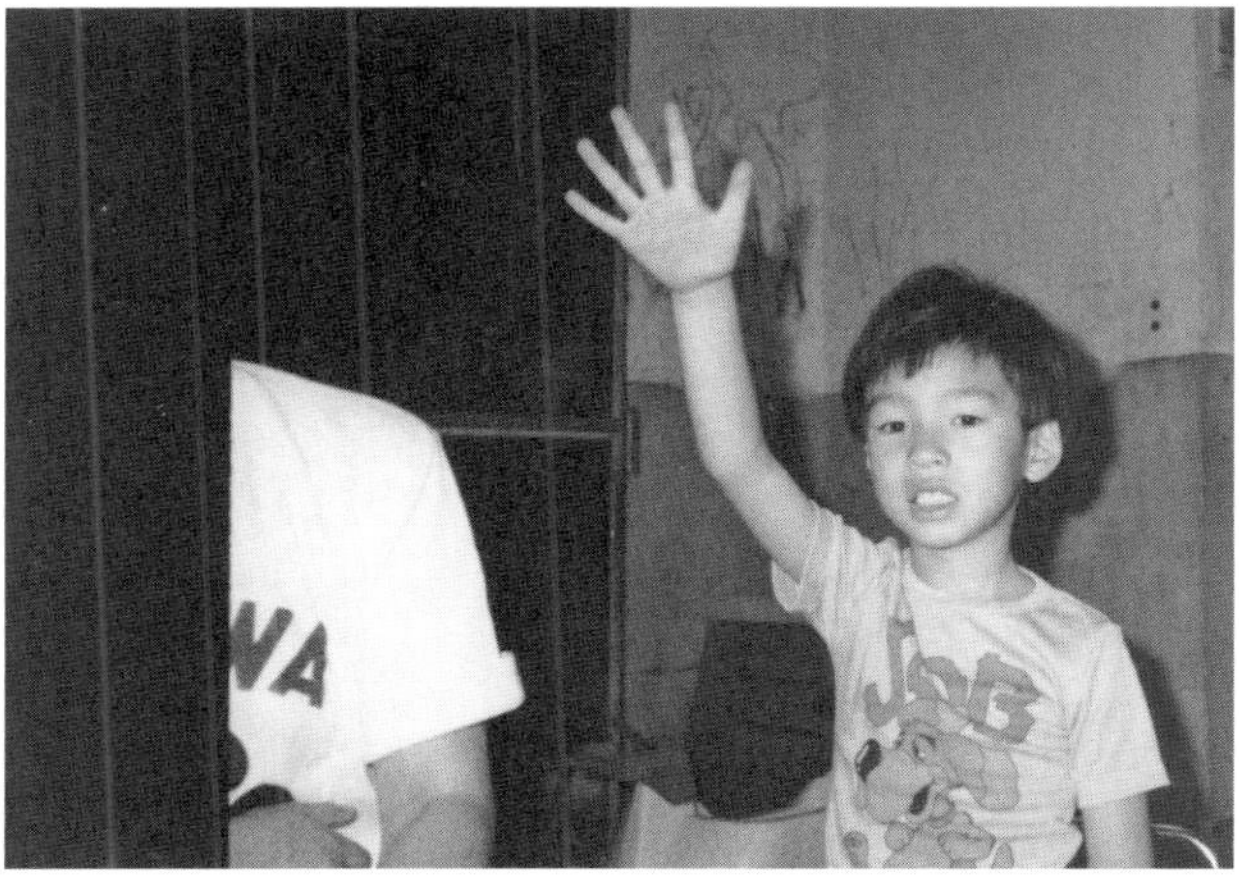

ボクの社会の第一歩

手だった。

運動会なんて最悪。いやなので自然に口から大きな叫び声が出て、これもボクを目立たせる場面になった。

それに、お弁当も苦手だった。ふたを開けたときのにおいと、大好きな食べ物に他のにおいや味が移るのは、耐えられなかった。これに慣れるには、相当の年月がかかった。

ふたつの味が重なるのも頭が混乱した。にぎり寿司は、ふたつの味を同時に味わわなければならないので手が出なかった。でも、数年後には、ふたつの交じり合った味がボクの大好物となった。

新しいものや場面に出会うとき、ボクの頭が困ってしまうのは、いつものこと。

ロウソクの火

ボクやあっ君の誕生日には、まあるいケーキではなくて、小さなケーキをいくつか並べた上にロウソクを立ててお祝いをしてくれた。ロウソクの火を消すように言われたが、息を出すなんて大変な仕事、と思った。

でも、ケーキを早く食べたくて誕生ケーキの上のロウソクの火を消すとき、あっ君がいつもするように思いっきり胸をふくらませて、前にかがんだらロウソクの火が消えた。

それが、よかったらしく、口から音が出た。それが、ことばだった。

パパやママは大喜び。

少しあっ君に近づいた、と思った。

ボクが学園にいる間は、あっ君とママはお母さんたちがいる控え室で待っていた。

ママと一緒にボクを待っていたあっ君に、ガールフレンドができた。

おっ子ちゃん、と呼ばれる女の子。彼女は保育園に入った。控え室のママたちが、あっ君には、大人といるより子供との生活をさせたほうがよい、とボクのママに言った。

ママは、保育園の生活のほうがあっ君にはよい、とわかっていたが、あっ君と離れる勇気がなかった。でも、決断を下して市役所に何度も足をはこび、やっと保育園入所の許可をもらった。

愛車

あっ君は保育園に通い始めた。ママと離れるとき、あっ君は、いつもボクがするように大声で泣いた。ボクは、あっ君にもボクと同じ障がいがあるのではないか、と心配した。あっ君はママと離れるのがいやだった、と後で言った。ママだって保育園を出るときは、つらい思いで、あっ君と離れたのに。

そして、ボクだって同じなのに。いくじがない、と兄として思った。

あっ君の保育園へのお迎えは、ボクの補助輪付きの自転車で行った。

ボクの最初の愛車。足を軽く動かすだけで、前に進むのがうれしくてルンルン。

でも、あるとき、「やーい、やーい、あんなに大きいのに、補助輪を付けて」と、数人のガキが、ボクを見て、はやしたてた。

ママは、カッときた。両足でペダルをこぐことはボクに教えてくれたが、補助輪のない自転車に乗るにはどうすればいいのか？　ボクもママも途方にくれた。

近所のあっ君の友達、たっくんのママが「こんなものあるからいけないのよ」と言って、大きな工具で、ボクの愛車の補助輪を取ってしまった。

大変なことになった。補助輪の支えを失ったボクの愛車は、すぐに横に傾き、足を回すどころではない。ママが教えてくれた足の使い方さえも、できない。ママはかがんで、胸でボクの愛車を押さえて、ボクの足を動かすことから始めた。

そして特訓のおかげで、補助輪のないボクの愛車で風をきって、さっそうと走ることができるようになった。ボクの唯一の楽しみになった。

　ボクのような障がいがある人が自転車に乗れるなんて、信じる人はほとんどいない。鼻が高い。

うちゅう

　保育園から帰ってきたあっ君のポケットは、小さな石でいっぱいだった。ママは、あっ君がどんな思いでこの石をポケットに入れたのかを考えると捨てられなかった。

　ママは、家の小さな庭にブロックで囲いを作り中に砂を入れ、そしてあっ君が持ち帰ってきた石をブロックの周りに並べて、両足がどうやら入るくらいの砂場らしきものを作ってくれた。あっ君はそこで、ボクたちの使わなくなったベビー用の食器に砂を入れたり、水で砂を丸めたりして遊んだ。

　ボクも砂を皿に入れて、パパのテーブルに「カレー」と言って出してやった。パパは大きな目を、もっと大きくして、それから笑ってくれた。

　あっ君は、壁いっぱいにいろいろな色のクレヨンで絵を描いた。「何を描いたの？」と、ママが聞くと「うちゅう」と答えた。ママは、えらく感じ入った。

ママはその壁板をはがして、新しい家に持って行きたい、と思った。

てっきり叱られると思ったあっ君は、拍子抜けしたようだ。

ボクのことであっ君が縮み込むのではないか、と心配していたママは、あっ君の、のびのびした絵を見てうれしかった。

お洋服

あっ君は鮭の皮が、食べられなかった。

パパが「おいしいから食べてごらん」と言うと、「お洋服はたべられないよー」と言って、パパと

ボクとあっ君の砂遊び

ママを笑わせた。

あっ君は左手で、お箸を持ち始めた。「手がちがうよ」と前に座っているパパが言うと、パパの右手をさして「いいじゃん」と言った。

たしかに、あっ君の前ではパパの右手はあっ君の左手。パパとママは、心配して見ていたが、いつの間にか、右手で箸を持つようになった。

あっ君はボクに比べて、いつも手がかからない。

たっくん

近所にあっ君の友達もできた。たっくんという元気な男の子で、高いブロックの塀の上を両手をあげて歩いたり、かわいいおちんちんがのぞいて見えるほどの小さな半ズボンをはいて、体中にいつも泥がついていた。動き回っているたっくんは、あっ君とは正反対の子供。たっくんだけでなく、悪ガキもボクの家に集まった。

この悪ガキの中のひとりが、ボクの弟のあっ君にとんでもないことを言った。

銀色の歯

あっ君の歯は、とても軟らかくて虫歯になりやすかった。

やむを得ず、すべての乳歯を金属でかぶせた。あっ君の口はキラキラと輝いて、銀色の歯になった。銀色にするまでが大変だった。ママはあっ君を近くの歯科医院にひんぱんに連れて行った。

女医さんが「たなべあきおちゃーん」と呼ぶと、元気な声で「はーい」と返事をして、ひとりで診察室に入って、治療を受けた。

女医さんは、あっ君の態度に感心して「育て方がよい」とほめてくれ、ママはこれまでのあっ君の育て方に間違いはなかった、と少しほっとした。20本の乳歯が全部銀歯になるまで通った。

近所の菜の花畑で

大変な費用がかかった。ママはあっ君の歯を我が家の貯金通帳と言っていた。その銀歯が抜け始めた。1人の子がその歯を「ぼろぼろの歯になぁーれ」と上に投げてしまった。当時は「良い歯がはえーよ」と言って投げるのに。この悪ガキ！

あっ君の友達が、ボクの家に集まってウルトラマンとか、ミニカーなどを見せ合った。家にあった珍しいおもちゃなどは、ときとしてなくなったけど、その子のママが気づいて、すぐに返しに来てくれた。

近所には、ボクやあっ君と同じくらいの小学生の男の子がたくさんいた。夕方、家の前の道路を、みんなが自転車に乗ってすごいスピードで走りまわっていた。近所のママたちは、その様子をハラハラしながら見ていた。

いつも平和だった。

子供クラブ　つくしんぼ教室

毎週土曜日、隣の市に障がいがある子供たちを遊ばせてくれるグループができた。

大学生のお兄ちゃんやお姉ちゃんが、ボクたちにひとりずつ付いて一緒に遊んでくれたり、元気の出る歌を歌ったり、広場をシャボン玉でいっぱいにしたりして楽しい週末を過ごした。夏休みにはキャンプに連れて行ってくれたりした。

ボクの家の前に福祉センターがあった。入り口まで下っていく細い通路があって、その上にアーケードみたいな屋根があった。ボクがその中を大きな声をあげて走ると、ボクの声が、屋根まで、ひびきわたるのが気に入った。

その中に、障がいがある子供のための教室があることがわかり、時々そこの先生と話すようになった。そして、ボクたちの市にもボクが毎週土曜日に通っているクラブのような集まりを作ることになった。でも、その教室の生徒の親でもないのにそこの先生たちと親しくして、しかも、自分たちが考えつかなかったことをしているママの動きが気に入らなかったらしい。

その集まりはクラブとして出来上がったけれど、よそ者のママとはうまくいかなくて、結局、ボクはそのクラブには入らなかった。

その影響で、それ以後ママは女の人のグループを恐れるようになった。

浜松のおばあちゃん

その頃、浜松のおばあちゃんが危篤との知らせを受けた。家族で夜、車に乗り東名高速道路を車で走って病院に着いた。

おばあちゃんは、チューブがいっぱいついたベッドに寝たまま。腹部大動脈瘤で、血栓が脳内の血管に詰まって臨終。亡くなったパパのお父さんと、同じ腹部の病気だった。

パパが手を握って「おふくろ」と言うと、おばあちゃんは手を握り返して、返事をしてくれた。翌日、おばあちゃんは亡くなった。69歳だった。

田辺家は動脈瘤ができやすい家系らしい。

パパもパパのお兄さんも、おばあちゃんと同じ69歳のとき、膝に動脈瘤ができた。

パパは医者からしつこく手術を勧められたが、断り続けて、運動するのが良いと思ってよく歩いた。この運動をすることで、バイパス動脈ができて良くなった。でもパパのお兄さんは両足の膝を手術。その後も思わしくなかった。

このおばあちゃんは、パパとは「一心同体」とよく言っていた。ふたりの思いは、いつも通じ合っていた。

おばあちゃんの葬儀の前夜、パパは涙を流した。ママが、パパの涙を見るのはこれが初めてで、最初で最後になるかもしれない、とママは思った。

おばあちゃんの葬儀の費用は、パパが結婚する前におばあちゃんに送っていたお金と、結婚してからママが少しずつ送っていたお金で行われた。

パパのこと

パパのお父さんは、パパがまだ生まれる前おばあちゃんのお腹にいるとき、亡くなった。

それからのおばあちゃんは、ひとりでパパのお姉さんふたり、お兄さんとパパの4人を育てなければならなかった。おばあちゃんは、いろいろな仕事をした。生活が苦しくて、大変で、井戸の中にはしごをかけて下り、死のうとした。

井戸の上で子供たちが大声で呼んだ。井戸の中のおばあちゃんの目に子供4人の顔が浮かんで、自分が亡くなった後の子供たちを心配して、「死ねない」と言って、井戸から出た。

長女のパパのお姉さんが、女学校を卒業して小学校の先生になり、おばあちゃんを助けてくれて経済は少し良くなった。次のお姉さんは中学を卒業すると、すぐに働き、家計を助けてくれた。お兄さんは、アルバイトをしながら高校に通った。

パパもアルバイトをしながら高校を卒業し、さらにお金を貯めて大学へ進んだ。このとき、長女のお姉さんが、大学の入学金を出してくれた。それからのパパは、家庭教師をたくさんしたり、学費免除を受け、さらに奨学金をもらい大学院まで進んだ。

パパは、この奨学金を返し終わっていないままで、ママと結婚した。

パパの少ない給料の中でこれを返済するのは大変だった。借金を抱えたままでの結婚生活だった。

七面山

磐田でやっていたお寺通いは、東京に引っ越してからは都心のお寺、池上本門寺通いになった。毎週日曜日、おにぎりやお茶をもって車で通った。遠くて大変だったが、楽しみもあった。本門寺の門を入ると、露店の鯛焼き屋があった。皮がカリカリ、中身がもっちり。あんなにおいしい鯛焼きはそれ以後も食べたことはない。

おもちゃ屋さんが出ているときもあって、ママはあっ君とボクに欲しいものを買ってくれた。

あっ君がスキップしているのを見て、ボクもうれしくて「たらった、らったらったらぁ〜〜」と歌らしきものが出て、スキップして走った。また「みんなかわ〜ぃ」をもじって「みんな買わ〜ない」と歌ってしまった。ボクのしまったという顔を見て、パパはうれしそうに笑った。ママは、ボクがスキップしながら歌うのを見たのは、これが初めてで最後だった。

お寺通いはこれで終わらず、山梨県にある日蓮宗の有名なお寺、七面山にも登った。パパはその山に、10歳の大きなボクを背中にひもで縛って、背負って登り、そして降りた。大変な姿で、山ですれ違う人は驚いてボクたちを見た。

パパは、これを2回もした。ボクのために普通の人が考えられないことまでして、なんとかボクを治したい、ただそれだけの気持ちでしてくれたのに、ボクには何の変化も起こらなかった。

その5年後に、東京でりっぱなお坊さんに会った。その人は、「ボクを施設に入れて、すべて忘れろ」と言った。

悲しい結論だけが残った。パパもママもつらかった。

お寺通いは3年ほどで終わった。けれど、それからはパパとママはお寺の建物やお線香のにおい、大太鼓の音が苦手になった。

第四章　特殊学級（特別支援学級）へ

付属小学校

1年の就学猶予の後、ボクは楽しい学園を卒業して、送迎バスで特殊学級（現在の特別支援学級）に通い始めた。

送迎バスが止まる大通りまでは、ママが送り迎えしてくれた。それを見ていた近所のおばさんが「どこの付属小学校へ通っているの？」と聞いた。ボクのママは、答えにひどく困った。

ママは、いつも時間におわれ、車で買い物をすることが多かった。また、別のおばさんは、「車を乗りまわして、いいわね」とうらやましそうに言った。

人は良いように見てくれるもの。ママは子供を連れて、ゆっくり買い物を楽しんでいる親子連れを、車を運転しながら、いつもうらやましく見ていたのに。

ボクの旗手姿

ボクの学園、学校や、あっ君の保育園が休みのときには自転車の後ろにボク、あっ君を前に乗せて、その前のカゴに買い物をしたものを入れ、卵のケースを一番上に乗せて走るのが、その頃のママの一番の楽しみだった。

大きなトラックがボクたちを追い越すとき、「奥さん、うまいね」と、運転席の隣に座っていた人が笑顔でほめてくれたこともあったけど、ボクは楽しみながらもいつもヒヤヒヤしていた。

くぐるな　止まれ

保育園に通うあっ君は、同じクラスの子供たちが得意げに字や数字を読んでいるのを見ていて、あっ君もそれとなく覚えたらしい。

踏切で止まった車の中で、ママの後ろに立っていたあっ君が、「くぐるな」と、踏切のそばにあった看板の字を初めて読んだ。全く字を教えていなかったママは、ひどく驚いた。

ママは、あっ君は放っておいても育つ、と思い込んでいた。

それからも、あっ君は教えられずに、いろいろなことを覚えていった。

英語

あっ君が小学生になると、ママが頼んだ学習書が毎月配布された。居間のドアには付録のひらがな表、漢字表が貼ってあった。

ボクはそれを見て、ひらがなは全部、やさしい漢字も覚えた。ボクが「イー・イー」と言いながら鉛筆でその表を塗りつぶしていくのを、ママは不思議そうに見ていた。そしてボクも、道路の片側に白い文字があるのを見て「とまれ」と読んでママを驚かせた。

ママがあっ君に教えたのは、数やひらがな、漢字ではなくて、英語だった。

これからの時代を考えて、あっ君には英語を身につけてほしい、と思ったから。

あっ君は色、顔、体、身の回りのものを英語で言えた。

近所の友達のたっくんの家で、あっ君が遊びながらいろいろなものや色を指さして「イエロー」「アイ」「チーク」と言うのを見ていたたっくんのママが、「お宅の子は英語をしゃべる。これからは英語が必要になるから教えて」とボクの家へ来るようになった。

あっ君だけじゃなくてボクだって、ママが「ももいろ」と言うので「ピンク」と、ママに英語を教えてやった。

とにかく、たっくんと、髪の毛が長くてかわいいたっくんのお姉ちゃんのユリちゃんや、あっ君の保育園の友達まで来て、1週間に1度、英語を使うゲームをしたり、ふざけたりして、賑やかだった。おやつを食べるときには、ボクもその仲間に入ったり、あっ君と友達が楽しく学んでいるのを見るのも楽しかったので、いつも楽しみにその日を待った。悪ガキたちは来なかった。ボクもママもほっとした。

パパのやけど

パパは博士号の論文を書くために毎夜遅くまで、大学でたくさんの薬品を使って実験を続けていた。

12月の夜、実験を終えて薬品を片付けているとき、大きなビンが手から落ち、そばのガスストーブにかかって火柱が立った。

火を消そうとして水を何度も運んだときに、ズボンに燃え移ってサンダルも溶けて燃え、腕にも燃え移って、顔が真っ黒になった。両手両足、顔の一部の皮膚が、大やけどになった。パパは救急車で病院に運ばれた。

あっ君とボクは、病院までパパに会いに行った。寒いのに両手両足両膝がてらてらしていて、顔が赤黒かった。

あっ君は静かに見ていられたのに、ボクはびっくりしてママの後ろにかくれた。パパが「こわいか」と寂しそうに言った。パパの両手両足は毎日の消毒のために、こすられて新しい皮膚ができず化膿したままで、肉が溶けて高熱が出て苦しそう、とママは嘆いていた。変なにおいまでしてきた。

ママの友達のお医者さまが「専門の病院に移さなければ、危ない」と言った。やけど専門の病院は遠すぎる。ボクがいるので、近くの分院に入院することをママは望んだが、ムリ、と断られた。そこで、磐田のおじいちゃんが登場した。おじいちゃんが本院まで行ってボクの家の状況を説明してくれたので、ぶじに近くのやけど専門の病院の分院に移った。その病院で、お尻の皮膚を取って、両手両足のやけどの傷に移し、包帯で包むという専門の治療を受けることができた。

効果てきめん！　2ヵ月で退院した。久しぶりに一緒に入ったお風呂で見たパパの体はパッチワークのようだった。

バイオリン

あっ君が6歳のとき、「習いたいものがある?」とママがたずねると、あっ君は「バイオリン」と答えた。あっ君は近くの幼稚園の中にあるバイオリンの個人レッスン教室に通い始めた。かわいいバイオリンを先生が手配してくれて、レッスンが始まった。

その後、その先生の自宅でのレッスンになった。ママは、あっ君とボクをバイオリンのレッスンに連れて行った。あっ君のレッスン中は、ボクを買い物などに連れて行った。

あっ君は、発表会に出た。

ピアノを弾く女の子が多い中で、かわいいバイオリンを弾くあっ君は、ひときわ目立った。

ママは普通の児の母親になれたような気がして、うれしかった。

次には、プロのビオラ奏者の先生についてバイオリンを続け、発表会に出た。やはり、ピアノを弾く女の子の多い中で唯一のバイオリンを弾く男の子。目立った。

あっ君は高校生までバイオリンを続けた。

ピッピ君

ボクやあっ君、パパが、それぞれ学園や保育園、大学に行っている間、ママは一人で家にいる時間ができたので、黄色と白色のセキセイインコを飼い始めた。カゴに大きな木の巣箱が入っていた。

白色のほうをバードパパ、黄色いほうをバードママと名前をつけた。

黄色いバードママは巣箱にこもり、白いバードパパが、せっせと餌を運び始めた。

まもなく、巣箱からピヨピヨと声が聞こえた。その声が大きくなるにつれて、バードパパの餌運びの回数が増え、動きが鈍くなった。疲れらしい。巣箱の扉を開けると、白、黄色、青のひな鳥がいた。

ママはバードパパの負担を減らすために、白いひな鳥を取り出し、紙箱に入れた。そして、ママがひな鳥に餌を食べさせ始めた。名前を当時の映画『長くつ下のピッピ』にちなんで、ピッピと名付けた。ピッピは女の子らしかったが、気が強いので、「ピッピ君」と呼んだ。

ピッピ君はママの手の上で育ち、手乗りインコになった。

またある日、巣箱の中からギャーギャーと鳴き声がしたので、箱を開けると、黄色と青いひな鳥が転がり出てきた。黄色と青のひな鳥もまた箱に入れて、ママが育て始めた。３羽とも手乗りインコになったけれど、白色のピッピ君が一番ボクたちになついていた。

朝、ボクやあっ君が学園や保育園、パパが大学に行く前の忙しい食事のときや夕食のとき、３羽のインコが部屋中を飛び回った。

ひとしきり飛んだ後、壁に垂れ下がっているコードに白、黄色、青のインコが並んだ。並びかたにも順位があるらしく、ピッピ君はコードの一番高い所に止まっていなければならないようで、他の鳥たちをつついて自分の場所を確保し、得意そうにボクたちを見下ろしていた。

朝食のパンが欲しくて、ボクたちのお皿に飛んで来たりした。ピッピ君はごまが大好きだった。それを食べたピッピ君の口からは、香ばしいにおいがした。

ピッピ君は冷蔵庫の上に置かれているコインを見つけ、くちばしで落とす。顔をかしげて、チャリンと音をするのを確かめ、またコインを落とす。「コイン落とし」と呼んでいた遊びが大好きだった。賢かった。黄色のカッコ、青色のクックも、ピッピ君をまねて、いっしょにするように、なった。

クックはママが巣箱を掃除しているときに、逃げてしまった。カッコは新しい家へ引っ越した後、亡くなった。

ピッピ君だけは、13年ほどボクたちと一緒だった。最後は飛べなくなり、ママの声のする部屋までヨチヨチと歩いた。「母を訪ねて三千里」ということばがママの頭に浮かんだ。ピッピ君は、ママの手の平の上で動かなくなった。

シロちゃん

隣の家にボクたちと同じくらいの女の子がいる家族が、家を建て替えるために一時、引っ越してきた。しばらくして、その家に白いワンちゃんが住みついてしまった。野良犬らしい。その家のママが「出来上がった新しい家は庭が狭くて飼えない。どうしよう」とボクのママに相談した。

ママは手の平に竹輪をのせて、白いワンちゃんの前に差し出し、そのワンちゃんがボクの家の木戸を通るとガチャンと扉を閉めた。その瞬間から、そのワンちゃんはボクたちの家族になった。

鼻が赤くて体が白いので、単純にシロと名付けた。

このシロちゃんのお腹が、次第にふくらんできた。赤ちゃんがいるらしい。

そのうちに、5匹の白いワンちゃんが、狭い庭をチョコチョコ歩き回るようになった。ボクたちはシロクマちゃんと呼んだ。

不思議なことに、遊び回っていたかと思うと急にコロンと横になって、シロクマちゃんが眠る。シロちゃんは、目を細めて、それを見ていた。シロちゃんが一番幸せなときだった。

そしてその頃がボクにとってもパパ、ママ、あっ君と過ごした最後の一番幸せな平和なとき。

その後たっくんのママ、たっくんのお姉さんのユリちゃんと、そのお友達が、がんばってシロクマちゃんたちのそれぞれの飼い主を探してくれた。最後のシロクマちゃんが、子供たちに抱かれて連れていかれるのを見たシロちゃんは、長～い、長～い声で、悲しそうに鳴いた。

その半年後、ボクたちが新しい家に引っ越したとき、シロクマちゃんの１匹が会いに来てくれた。シロちゃんは、はっと思い出したのか、笑顔でそ

シロちゃんとシロクマちゃん

のシロクマちゃんに駆け寄り、2匹で楽しそうにじゃれあっていた。ママがシロちゃんの飛びっきりの笑顔を見たのは、それが最初で最後だった。

きちがい君

ボクは付属小学校ではなくて、スクールバスで特殊学級（特別支援学級）に通っていた。給食の時間やプールの授業のときは、担任の先生がボクを普通学級に連れて行った。夏にはボクの苦手なプールの授業があった。

大勢のガキと一緒に入って、悲鳴のような大声を聞かなければならない。体や顔に不意にかかる水しぶきも浴びなくてはならない。ボクの苦痛と、恐怖は最高潮。

とりわけ大きな悲鳴が、ボクの口から出てボクの頭をつきぬける。

しかし先生がボクの手を握っているから逃げようもない。大勢の声に混じってボクの声が夏の空に鳴りひびいた。

ボクは今では禁止用語となっている「きちがい君」と呼ばれた。ボクが大声を出す理由がわからない人は、そう思っただろう。

ボクたち家族は福祉センターのそばから、地域の小学校のプールの前の新しい家に引っ越した。その小学校のプール開放のとき、ボクは特殊学級の先生と一緒にそのプールに入った。やはりいつもの大声がボクから出てしまった。

ちょうどそのとき家の中にいたママは、広い畑をひびき渡って聞こえてくるボクの異様なさけび声を聞いて、「きちがい君」と呼ばれても仕方がないと思った。

プール

でも、パパと行く室内プールでは、大きな声も聞こえてこないし、水しぶきに襲われることもない。パパと何度もそこに通ううちに、ビート板につかまって、足をバタバタできるようになった。足を動かすといつもの愛車に乗っているように、前に進めるのでうれしかった。いつもパパが水の中を歩いて、ボクから離れないように守ってくれる。ボクは室内プールが大好きになった。

新しい家

福祉センターのそばのボクの家はさらに古くなった。寝ているとき、壁と窓のすき間から外が見えるし、そこからの風がボクたち4人の顔の上を吹き抜けた。屋根を打つ雨が滝のように家中に鳴りひびき、布団の上にも落ちてきた。家中の器を並べて眠るどころではなかった。あっ君やボクも大きくなったので、その分だけ家が小さくなった。

毎日の散歩のときにシロちゃんがおしっこをしていた植木林がなくなり、平らな土地になって家を建てる準備をしていた。それが小学校のプールの前で、まだ周りには家はなかった。ボクを育てるには、ここに一番先に住むのが良い、とママは気づいた。そしてそこに新しい家を建てることにした。いつも思い切ったことをするママにあきれて、パパは口も出せなかった。

ボクに合わせた家ができた。当然、後から建った家とは趣が全く異なり、これが後から来た人とのトラブル、ママへのいじめの一つになった。そして、磐田のおばあちゃんのための部屋も作った。浜松のおばあちゃんは亡くなっていたから。でもその部屋は、結局ママの教室になってしまった。もし磐田のおばあちゃんのための部屋があったら、ボクたちと一緒に暮らせたかもしれない。ママは申し訳ない、と思った。

シロちゃんが、いつもおしっこをしていたところがボクの家の玄関になった。

引っ越し

ボクの家では小学校のそばの新しい家に移る準備をしていたときのことだ。その頃、方位に凝っていた磐田のおばあちゃんが急に「今夜中に新しい家で寝るように」と言った。急きょ、その夜は新しい家で寝ることになった。不思議なことにシロちゃんがボクたちと一緒に行きたがった。

自転車にシロちゃんの小屋を乗せて、新しい家へ歩いて行った。秋の夜空の星がきれいで、これからの生活が楽しみだった。

次の日に、ピッピ君もやって来た。ピッピ君たちは、新しい家にはなじみのコードがなくて当惑して飛び回っていたが、やがて食器棚と天井とのわずかなすき間を見つけてお気に入りの場所にした。

シロちゃんと新聞

シロちゃんは少し広くなった庭をゆっくり歩き、夜だけ紐をつけて自分の小屋で眠っていたが、新聞配達のお兄ちゃんに向かって吠えることが自分の役割だと思ったようだ。

お兄ちゃんは、早朝、小学校をぐるりとまわってやってきて、ボクの家一軒のために新聞を配達しなければならないのにシロちゃんに吠えられてしまう。

お兄ちゃんは、その苦痛をママに訴えた。

困ったママは、夜だけは紐につながれて小屋に眠っているシロちゃんの頭を、吠えるとすぐに新聞紙を丸めてコツンとした。でもシロちゃんは吠えることを止めなかった。

結局、夜も紐をつけずに庭に放しておくことにした。お兄ちゃんは新聞をボクの家の郵便受けに入れてから、すぐにそばの容器にママが用意しておいたシロちゃんの好物をあげるようにした。すると効果てきめん。シロちゃんは静かになり平和な朝になった。

そして、新しい家にもすぐに慣れた。でもシロちゃんがボクを白い目で見て、尻尾を後ろ脚に巻き付けて逃げるのは変わらなかった。

でも、お餅がボクの好物だとわかっていたらしい。ボクが「おもち」と言って石けんをシロちゃんにあげると、急いで庭の隅に埋めて、何度もそれを前脚で掘り起こしては、なめて楽しんでいた。シロちゃんの鼻はますます赤くなった。

新しい家のボクの部屋の窓には青い空がいっぱいに広がって、その下に富士山が見えた。磐田のおばあちゃんの家の近くから見る富士山より、ずっと大きかった。でも周りに家が建ち始めて、いつの間にか富士山は見えなくなった。


引っ越ししてから、あっ君も小学校を転校した。まだ開校したばかりの小学校で教室をはじめ、すべてが新しかった。

あっ君は張り切った。張り切りすぎて「元気な子」と先生たちから言われた。

家にも数人の新しい友達が遊びに来た。ボクもいつものようにあっ君の友達と一緒にお菓子を食べたが、彼らには、ボクが理解できなかったようだった。

ボクを不思議な謎めいた子、と思ったらしい。学校でもあっ君は、兄のボクのことをしきりに聞かれたけれど、わかってもらえる答えが見つからず、「いじめ」のようになった。

ボクは前の古い家が懐かしくなり、何度もこっそり見に行ったけれど、門の中には知らない自転車があり、シロちゃんもいなくてピッピ君の声もしなかった。

ボクはやっと、自分の家は移ったのだとわかった。古い家に楽しいボクの思い出を残して。

新しいものを受け入れるのに時間のかかるボクは、あっ君と同じように落ち込んだ。

そして、楽しく通っていた子供クラブを手伝っていた学生が、クラブとは別に、ボクの家庭教師としてプールに連れて行ってくれるようになった。その人はプールの真ん中でボクをひとりにして手を放した。その帰りには必ず缶ジュースを買ってくれたが、ボクは恐ろしくてママにも言えなかった。

ボクがママに言えずに、苦し紛れに弟のあっ君に当たり、彼の机の上にあった教科書などを破ったりして、ますますあっ君を困らせた。

でも、その学生がボクにしたことは、当時の自閉症の新しい療法として取り入れられ始め世間で注目を受けていたようだ。

ママは気が参って磐田のおじいちゃんに相談した。おじいちゃんは東京のボクの家に来て「こんなとき、助けてくれるものがないなんておかしい。何のための福祉だ」とかなり息巻いた。ママはおじいちゃんを抑えきれず「それを近くの施設に行って話して」と言うと本当にそうしてしまった。

その施設の園長にボクのこととあっ君のことを話したらしく、「ここに入る手続きをしてください」とその園長から話があった。ママは信じられなかった。

第五章　家を離れて

G学園

ボクは家を離れて初めて施設に入った。その施設は隣の市にあるG学園。近いのでいやがらずに入れた。

そこには広い庭があり、ボクの寮はその中にあった。磐田のおばあちゃんの家にいる気分になり、すぐに慣れた。その学園の門はいつも開いていて、ボクはこれも気に入った。先生たちはおおらかで楽しかった。

小学校も学園の近くにある小学校に変わった。先生はママより優しくて、がっちりした女の先生で楽しかった。

小学生のあっ君

ボクが施設に入ったので、あっ君はパパとの時間が増えた。ふたりで回転寿司にひんぱんに行き、後で「お皿が回るお寿司はいや」と言うほど食べた。

秋葉原や横浜、東京タワーなどにふたりで出かけた。あっ君の部屋も新しくできた。

あっ君は無線にこり、小学校の5年生で無線の国家試験に受かりアマチュア無線の資格を取った。ラジオを組み立てたり、パラオに行くグループに参加したりした。

そしてパラオでは、あっ君を受け入れてくれた佐久間さんの家に泊まった。帰りには、自分より大きな重い亀の甲羅をおみやげに持たされて、ふらふらで帰ってきた。

「子供の学校」や、そのほかのキャンプにも参加した。

あっ君は小学校では「スプライト」とか「ひょうきん者」と言われて人気者だった。

あっ君は小学校の運動場でする野球のグループに入りたかったのに、母親の役割負担を考えたママは「ゴーサイン」を出せず、あっ君に剣道を勧めた。磐田のおじいちゃんが着物や防具を全部買いそろえてくれた。

あっ君は小学校の生活を楽しんだ。

みおりちゃん

G学園には、同じ小学校に通うボクと同じ年の女の子、「みおりちゃん」がいた。前髪をきちんと切った髪の短い子で、いつも首をかしげて指を反対の手の指で、ちょんちょんと、つついていた。

みおりちゃんのピアノ演奏は、すばらしかった。特別にピアノを習ったわけでもないのに、指が曲を覚えてしまうようだった。もちろん楽譜なんて読めない。彼女の指が、ピアノの和音の形を覚えてしまっていた。曲を聞いただけで、指が自然に動いてしまっていた。

小学校の卒業式のとき、彼女は若い女の先生と並んで一緒に連弾をした。速くて勢いのある見事な演奏で、会場の人たちは、障がいのある子が先生と連弾をしている、とは思ってもいないようだった。みおりちゃんはピアノの天才なのだ。

ママは毎週、学園まで迎えに来てくれて週末は家で過ごした。夏休み、冬休み、春休み、祝祭日も家で過ごしたから、1年の半分以上は家にいたことになる。

家に帰ると、シロちゃんは白い目でボクを見た。それから尻尾を両足に入れ、すぐにむこうに行くのも、いつも通りだった。

ピッピ君は、香ばしいにおいのくちばしで飛び回って、みんなの首や肩に止まっていた。

ママが家で始めた英語教室の生徒さんも、少しずつ増えてき始めた。ボクも、A~Zまでのアルファベットの英語を言えるようになった。ママが「エイ」というと、ボクは「ビー」。ママが「シィー」というとボクは「ディー」という具合に。

「アイアム・ボーイ」と言ったり、「マイネイムイズ」とママが言うと「かずのり」と答えることもできて、会話もできた。

弟のあっ君を放りっぱなしにしてボクを育てることに集中していたママは、普通の子を育てる自信がなくなった。

母親として、ボクを育てているうちに、ママは気がついた。障がい児教育こそが教育、育児の原点である。ということ。「その人に、与えられた可能性を、最大限に引き出す」ということに。それを、多くの子供たちを教えることを通して確信し、あっ君を育てたい、と。そのために、しっかり、生徒さんと向き合おうと、決めた。そのようなとき、ママはまた動き始めた。アメリカの友人、ジャニスと15年ぶりに連絡がとれたママは、教室に来てくれる生徒さんたちに、これからの時代に備えてどのように、どのような英語を教えたら良いのかを学びたいと思い決断して、チケットを手配して、アメリカへ飛んだ。

ジャニス

ママが中学生になった頃、英語の授業が始まったこともあって、外国の人と英語で文通することが流行っていた。同じクラスの女の子が「アメリカの中学生が文通する相手を探している。やってみない？」とママを誘った。ママのペンフレンドになったのは、ジャニスという、ママより一歳年上の、すごくきれいな人で、イリノイ州に住んでいた。

このときからママとジャニスは、お互いを「シスター」と呼び合うようになった。ジャニスは高校を卒業して、大きなドラッグストアを営むボーニーさんと結婚した。

その後、ママのおじいちゃんが友達と2人でアメリカ大陸を旅行したときに、ジャニスとボーニーさんに会った。そのとき、おみやげに着物を持って行った。ジャニスもボーニーさんも、おじいちゃんたちを歓迎してくれて、いろいろなところを案内してくれた。

また、そのあとでママの妹のムッコおばちゃんもアメリカに旅行したとき、ジャニスの家に泊まった。それからしばらくして、ボーニーさんは、ガールフレンドにピストルで撃たれて、その玉が背骨にくい込んでしまった。ボーニーさんは手術不能で、精神状態がおかしくなってしまった。ドラッグストアも人手に渡った。

ジャニスはボーニーさんと離婚のために、3人の女の子を連れてカリフォルニアに移った。そしてボーニーさんの留守中のわずかな時間に、身の回りのものを取りにイリノイ州の家に戻った。

そのとき、昔おじいちゃんがプレゼントした着物を見つけてカリフォルニアに持ち帰った。

その袖に、ママの妹のムッコおばちゃんからの手紙を見つけて、ジャニスとおばちゃんは連絡を取ることができた。ママも結婚して東京に移ったけれど、住所は何度も変わっていた。ママはおばちゃんからジャニスの新しい住所を教えてもらい、再び連絡を取り、15年ぶりに2人の文通が再開した。

ボクがG学園に入ったとき、ジャニスに会おうと決めたママは、ツアーに入らないで自分でチケットを手配して、たった1人でアメリカへ飛んだ。

アメリカで

ママは、カルフォルニアにいるジャニスの家に泊まった。ジャニスの3人の娘たち、会社に勤めていたシェリー、高校生でベビーシッターをしていたシンディ、みんなから「ハニー」と呼ばれて愛されていた幼いクリスティと楽しく過ごした。

ジャニスは、自分の会社や、荒涼とした砂漠の中にある大きなショッピングセンターにママを連れて行った。なんと、その中に、8月だというのに大きなアイススケート場があった。

ジャニスは、「親がショッピングしている間、子供たちはここでアイススケートをしているの」と言った。

ママは、それより30年前にママの父親、ボクのおじいちゃんがアメリカに行って帰ってきたとき、「こんなに大きな国と戦争を起こしたなんて勝ち目がなかった。日本はバカなことをした」と言ったのを、思い出した。

近くのディズニーランドで、一日楽しんだりもした。夜には花火も見た。日本で見る花火とそっくり同じ花火を、アメリカでも見られることにママは驚いた。

行く先々で「トーキョーディズニーランド」と言われて、東京にも同じディズニーランドができていたことを知らなかったママはびっくりした。

ママは日本に帰ってすぐに、ボクたちを、できたばかりの「東京ディズニーランド」へ連れて行ってくれた。

ジャニスと３人の娘たち

ボクは広くてきれいで、楽しい音楽が流れているディズニーランド、誰もが笑顔で楽しんでいる雰囲気が大好きになった。その後も、ディズニーランドには家族で何度も行った。

ママは、この一人旅で外国でも通じる英語の感触をつかんで帰国した。

教室に通う生徒さんたちには、学校の英語の教科書の英文を楽しく理解し、身につけて、使えるように、また高校受験、高校英語につながるように工夫して教えた。そしてまた、多種多様な人々を受け止められる心の広い人になって欲しい、と願いつつ。

パトカー

ボクは、G学園から小学校へは、バスで通った。

しばらくして、小学校へ行くバスの通る道路がG学園に入る前に家から通っていた小学校（特殊学級・特別支援学級）に通じているらしい、と気づいた。そして、それを確かめたくなった。

ボクはこっそり小学校を抜け出して歩いて確かめに行ったが、大きな道路の向こうにある小学校には入れなかった。何度行ってもダメだった。でも、そのたびにかっこよいパトカーで帰れてボクは上機嫌だった。

これがきっかけで、いつも行く子供クラブも気になった。これも確かめたくなり、またひとりで出かけた。

毎週土曜日に、ママが運転する車で行った子供クラブへの道を歩いてたどり、踏切も渡った。このときのボクを見た家の近所のおばさんが「お宅のかず君が、ひとりで歩いていましたよ」とママに言った。ママは即座に子供クラブが行われる建物の方向へ向かい、そしてよく使っている広場にも行ってみたが、誰もいなかった。

子供クラブは、土曜日だけその建物や場所を借りてボクたちを遊ばせてくれていた。その日は、土曜日ではなかった。ママは、ボクが自分の家に帰りたくて学園を抜け出したのではないことに、がっかりし、また驚いた。

わからんちんのボクが園を抜け出したのは、家恋しさ、ではなく、家より遠い園から2つ先の街にある子供クラブに行こう、と初めて自分で決めたこと。

そして、交通の激しい事故の多いことで有名な大きな二つの交差点を、おそらく信号を無視して横断し、自分の記憶をたどって必死に歩いたであろうこと。自分では何一つ決められない、行えない身でありながら、生まれて初めて自分の知恵を尽くして、危険をおかしてまでも自分の要求を表したことに、なんと、喜びさえも感じたママだった。

これで味をしめたボクは、ひんぱんに学園を抜け出したり、パパと歩いているときにも、勝手な方へ行きパパとはぐれて迷子になったりした。「お宅のお子さんをこちらで保護していますよ」と警察から何度も電話があり、その都度ママは、ボクが学校や学園にいるのを確かめて、「うちの子供ではありません」と申し訳なさそうに警察に電話した。

それにしても乗り心地の良いパトカーは最高だった。

これらは、次の大脱走の始まりだった。

シロちゃん、ルルしゃん、ピッピしゃん

シロちゃんのお腹に水がたまるようになり、いつも獣医さんにその水を抜いてもらっていた。獣医さんにシロちゃんを連れて行くと、「今日はうまく水が出た」、「今日はうまく水が出なかった」と言われて、その都度、支払う料金が変わった。

連休の忙しい毎日が始まる前にシロちゃんは自分の小屋の前で横になって、そのまま動かなくなった。シロちゃんと別れた。

あっ君が磐田のおばあちゃんの家へ行ったとき、近くのお寺で青いインコがあっ君の肩に止

まった。そのインコを連れて帰ってボクの家で飼った。あっ君が「ルル」と名前をつけた。驚いたり、人の顔を見たりすると黒目が小さくしぼんで白目が多く出た。部屋の電気を消すと必ず「ジ」と鳴いた。それから、その青いインコのことを「ジ・ジ・ジ・のルルしゃん」と呼んだ。

あるとき「ルルしゃん」が卵を産んだ。それを見たピッピ君はうらやましくて「ルルしゃん」のカゴにつかまり、ふたりでなにやら話していた。「ルルしゃん」が話すことばを、ピッピ君が相づちをうちながら興味しんしん、という様子で聞いていた。ボクたちはインコにもことばがあることを知った。

ピッピ君もまねをしたらしく、時々、体を緊張させた。しばらくしてルルしゃんが卵を産んだ。「いきりたまご」というものらしい。ピッピ君は

ピッピ君、カッコちゃん、ルルしゃん

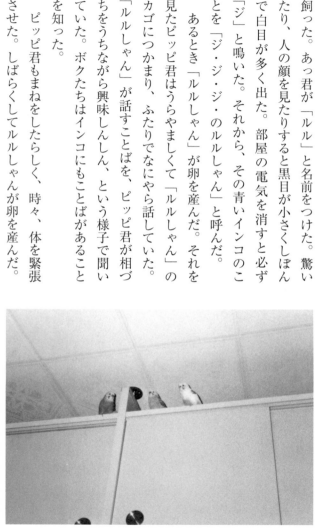

驚いて、その卵をつついて、こわしてしまった。そしてママの手の中で、初めて甘えた。そのときは、ピッピ君ではなくて「ピッピしゃん」だった。「ルルしゃん」はふくらんだ自分のお腹をつついて血を出し、苦しんで亡くなった。「いきりたまご」を産み出せず、お腹に詰まったらしい。

元気なピッピ君も13年たって飛べなくなり、カゴの中の止まり木にいることが多くなった。ママは、カゴの戸をいつも開けたままにしておいた。

教室から聞こえてくるママの声で、そのカゴの中を抜け出したピッピ君が、教室の開いたドアを通ってヨチヨチと歩いて来た。ママは生徒さんに許可をもらって、ピッピ君を手の平にのせて授業をした。ピッピ君はそのまま動かなかった。ピッピ君とも別れた。

中学生のあっ君とチャタロー君

中学生になったあっ君は、昔の友達と遊ばないで自分の部屋で、ひとりで過ごすことが多くなった。

ママは仕事で忙しく、あっ君とふれあう時間がなかった。パパも博士論文のための実験で、研究室にいることが多く帰りの時間も遅かった。

あっ君はひとりで夕ご飯を食べることが多く、寂しかった。

ママは、小学生の頃とは全く別人のような毎日を過ごすあっ君を心配していた。いつも、細長い手足の犬、コタロー君を散歩させているおばさんが、ボクの家のチャイムを鳴らした。

おばさんの後ろには、コタロー君ではない茶色のワンちゃんがいた。おばさんは、そのワンちゃんのことを「家の前の木立にすみついて近所の人たちが食事を運んでいる。すぐに、逃げてしまうのでつかまえようがないけれど、とにかく、飼ってくれる人を見つけよう」と、近所の人々と話し合ったとのこと。

シロちゃんがいた頃のように元気なあっ君になってほしかったママは、自分の部屋から降りてきたあっ君の手に、小さな肉を置いた。あっ君がそのワンちゃんに向かって「食べていいよ」と言うと、そのワンちゃんは、おばさんの後ろからおずおずと出て来て肉を取って逃げていってしまった。

ママは、ワンちゃんが人になつくのはとても無理と思い「つかまえてくれたら飼いますよ」と言った。なんと、そのおばさんは数日後にそのワンちゃんを連れてきた。

そして我が家では、このワンちゃんのために赤い屋根の小屋を買い、赤い首輪もつけた。体の色が茶色なので、コタロー君にちなんで「チャタロー」と名付け、「チャタロー君」、「チャタ」と呼ぶようになった。

同じように、ノラちゃんだったシロちゃんの2代目。チャタロー君は、手足がきりりとしまって鼻はぬれていて真っ黒、目許が整ったかなりなハンサム。ボクのよう。でも自分が飼われているのがわかるまで、ボクのように何度も脱走してママを困らせた。

ある日、チャタロー君がいつものように脱走し探し回っても見つからなかったが、ママが買い物に行く途中にある芝生の生えた空き地で、ぐっすり眠りこけているチャタロー君を見つけた。

急いで紐を取りに家に戻り、チャタロー君の首に、カチンと首輪の留め金をはめた。

これでチャタロー君は御用となった。これが最後の脱走となり、パパ、ママを自分の飼い主と認めるようになった。肝心のあっ君とは、ふれあうことがなくて、いつまでも慣れなかった。

もちろんボクとも。

あっ君は中学生のとき、校内合唱コンクールで、指揮をすることになった。その姿を見るために磐田のおばあちゃんも来て、ボクの家に泊まった。全校生徒の前で、指揮棒をふるあっ君はかっこよかった。おばあちゃんもママもうれしかった。

その頃のママは「先生なら英語のほかに数学もできるから」という生徒さんのママたちの要望で、英語のほかに数学の授業もしていた。あっ君も中学生になって、週に2度ママの教室の生徒になった。自由にのびのび育ったあっ君だったが、さすがに高校入試の時期が近づいている気配を感じた。

小さい頃から習っていたバイオリンのおかげで、音楽と英語はなんとか成績が良かったが、入試には他の教科も必要だった。なんとか帳尻を合わせて、希望の高校には入れた。

しかし、昔の仲のよかった遊び仲間、それぞれが、うらやむばかりの名の知れた高校に次々と合格していくことからのショックと、悔しさは23年後まで残った。

養護学校

ボクは中学校を終えてからは、学園の近くの養護学校に行くことになった。

先生が先頭に立って2人ずつ手をつないで歩くのだが、ボクの相手が悪かった。

ボクは、ピアノの名手「みおりちゃん」と手をつないで歩かなければならなかった。彼女は、つないだボクの手の甲の上でピアノを弾く練習をしたので、ボクの指や手には、いつも爪の跡が残った。痛くていやだったけれど、それを言えないから、わかってくれそうな先生やパパ、ママにボクの爪の跡を残してしまった。

申し訳ない、と思いながら。

養護学校では、ピチピチした元気な先生方が、いつも走り回っていた。大勢の人が集まって声をあげる運動会（集団行動に弱いボクにとっては、一番苦手なやつ）では、先生がつきっきりで丁寧に教えてくれた。でも、ボクの頭がそれについていけなかった。看護師さんがボクの様子が、いつもと違うのに気づいてくれた。

ボクは重度の脱水症状になっていた。

ボクの腕には大嫌いな針が刺されて、その先についたビンがボクの寝ているベッドの横に立っていた。早く治療してくれたので、すぐにボクはまた元気になり運動会に出られた。本当はいやだったけれど。

マラソン

養護学校に登校すると、すぐ学校の周りを走った。ブルーの短パンをはいて、さっそうと走るボクは実にかっこよかった。家の飾り棚に飾られている、きりりとしたマラソン姿のボクの写真を見るたびに鼻が高い。実はマラソンコースの、はしばしに立って応援してくれる先生の声につられて走ったのだけれど。

学校だけではなくて、国営昭和記念公園でもマラソンをした。その後で大きな木の下に集まって、みんなでお弁当を食べた。このときは、弁当箱のふたを開けたときのあのいやなにおいや隣の食べ物の味がしみ込んだ食べ物も気にならず食べられた。

とにかくお腹がすいて、においや味の好みを気にするどころではなかった。

この頃から、お弁当も楽しんで食べられるようになった。

マラソン中

窓からものを落とす

養護学校の教室が2階になったとき、教室の窓からはいろいろなものが見えた。今までの学校や学園では、階段を上った部屋から窓の下を見ることはなかった。

ボクの家のボクの部屋は階段を上った2階にあったが、窓から見えるのは青い空と遠くに富士山、周りの木々、前の家の窓、窓の下にはボクの家の屋根が見えるだけだった。一度にいろいろな物を真下に見るのはこれが初めて。

不思議に思って持っていたものを手から放すと、スーッと地面に吸い込まれていった。これを見るのは気持ちがよかった。これがヤミつきになり、教室にあるものを下に放すと全部吸い込まれることがわかった。新しい発見！

ボクの窓での楽しみが危険である、と気づいた先生は、ボクにストップをかけて、ボクが投げそうな物を教室に置かないようにした。翌年は教室を移した。次の教室の窓の下には屋根があって、手に持ったものを放してもガチャンと音がするだけ。放したものは屋根に残っておもしろくなかった。

なんみょうほうれんげぇきょう　アーメン

学園の林の中に、小川が流れていた。そのかたわらに変わった屋根の白い建物があった。建物の上に十字の印がついていて、窓からはきれいな音楽が流れてきた。

あるとき、先生がボクたちを中に入れてくれた。

長くないお話があって、あの静かな音楽をみんなで歌って最後に「アーメン」と言った。

おばあちゃんの家にいたとき大きな森の中の、これまた大きなお寺に、よく連れられて行った。みんなで「なんみょうほうれんげぇきょう」と言いながら、大きな太鼓をドンドンとたたいていた。それも何かの神様らしかった。

でも静かな音楽の「アーメン」の神様のほうが、ボクは好きだった。これがボクと「アーメン」の神様との初めての出会い。

お正月に、学園の先生がボクたちを近くの有名な神社に連れて行った。

たくさんの人がいて、木の箱にお金を投げて頭を垂れて両手を合わせていた。

ボクも両手を合わせた。そして「なんみょうほうれんげぇきょう・アーメン」と言ってしまった。先生はびっくりしてママに報告した。

G学園で

学園でのボクの友達のパパやママ、先生たちは、すごく仲が良くて、よくカラオケや宴会をしていた。ボクたちも一緒に、ブドウ狩りに行ったことがあった。

養護学校高等部の3年になる頃、学園の先生たちは、卒業後のボクの行くところを心配し始めた。学園は18歳までしかいられない施設。

ママは、その頃、新しい施設を作るグループに入っていた。でもその施設はかなり遠くて、パパやママは気が重かった。そして、養護学校を卒業しないで行くことにも。

養護学校の先生たちは、いろいろ心配してくれて、ボクの高校生活の

ボクの自転車姿

思い出となるものを作ってくれたし、お別れの会もしてくれた。

そのお別れの会で、ボクは生まれてから初めて、みんなの前に座って、ボクのことをみんながいろいろ話してくれるのを聞いた。そして、主役になったような気がして笑顔になった。ママだけが、なぜか悲しそうな顔をして涙を浮かべていたが、その訳がわからなかった。

学園を出て新しい施設に行くまでの間、パパは、遠くまでのボクの愛車乗りに付き合ってくれた。ママは泣きそうな顔をして「カズ君がいい子にならないから遠くへ行かなくちゃならないのよ」と言いながらボクの頭をなでてくれた。ボクにはその意味がわからなかった。

やまのおくの　H学園

メカには弱いのに車の運転が好きなママが、いつもと違う顔でハンドルを握った。磐田のおばあちゃんの家と反対の方向に、車が動いた。道いっぱいに並んだ車と、ものすごい音と一緒にトンネルを抜けて、やっと静かになったと思ったら、長い道を、運転席の屋根の高さまで土をいっぱい載せたトラックの後ろを長い間走った。坂道をくねくね登り、水をいっぱいためた田んぼの中を走って、やっと広場で止まった。

新しい建物の駐車場だった。ここがボクの新しい施設、H学園らしい。ママが「遠いところへ行く」と言ったことがやっとわかった。そこは「やま」ではなくて「やまのおく」だった。「やまのおくの学園」での、新しい毎日が始まった。

新しい先生たちは、いつまでたっても忙しそうで、話すなんてできなかった。先生は友達が騒ぐと押さえつけたり、殴ったりした。ボクも襟元をつかまえられて上に持ち上げられたり、後ろから洋服の襟や袖を引っぱられたりして、ボクの上着は破れとほつれが多くなった。ボクの畳の部屋の外は土で、庭は見えなかった。

食堂にはイスとテーブルが並んでいて、そこから見える景色も他の部屋の窓だけ。ボクのお気に入りの場所は、どこにも見つからない。

遠くのほうから「ごめんなさーぃ、ごめんなさーぃ、ゆるしてくださ～ぃ」という声が聞こえた。夜、眠っていると、大声を出した友達が飛び込んできて、ボクたちは踏みつけられた。ボクたちは眠れなかった。

ぼーっとしていたら、ボクのご飯がなかった。お腹がすいているのに気づいて、バケツに入っている友達の食べ残しを食べた。

ボクは毎日、飲み物の缶を分けたり、土を一つの輪がついた車に乗せて運んだ。自転車乗りが得意なボクは、すぐに車の動かし方を覚えて、たくさん運べた。これが作業というボクの仕事らしい、と気づいた。「やまのおくの学園」での、そして、ボクの初めての仕事だった。

ボクの体は丈夫にたくましくなった。

パパ、ママは、毎週末に遠くのボクに会いに来てくれて、「やまのおくの学園」の下の小さな小さな静かな「まち」へ連れて行って、ボクの好きな絵本やカセットを買ってくれた。帰りには、レストランでボクの好きな「ハンバーグ」、「刺身」などを注文してくれた。パパが「がんばれよ」と言ってくれたので、ボクは我慢して「な・か・な・い」と言った。ママは悲しい顔をした。

年金

「やまのおくの学園」の友達のパパ、ママたちの

ボクの一輪車姿

グループで、ボクたちに渡されるお金を一つの銀行に集める動きが、あった。それが大変な金額になって、その銀行で昇進した人もいた。その人は、そのことが目的でボクたちの「やまのおくの学園」作りに加わっていたらしい。また、「やまのおくの学園」を自分のものにしようとする人も出てきた。

タバコのやけど

ボクは静かな「おんがく」が好きで、畳の上にすわって、ひとりでカセットテープを聞いているときは、ほっとした。周りのことも気づかなかった。

あるとき背中のお尻の近くが熱くなり、ひりひりした。触ったら痛かった。家に帰ったとき、ママが、服を脱いだボクの背中に、いくつものまん丸い傷が膿をもっているのを見て、びっくりした。ママは「タバコの跡では？」と言った。この後も丸い傷は増えた。その傷の跡は今でも残っている。

あっ君、W大学

この頃、ボクの弟のあっ君は、一生懸命勉強をして希望のW大学社会科学部に入った。それはなんと、ママが進みたかった大学の同じ学部だった。でも、ママの弟や妹、ボクのおじちゃん、おばちゃんも、まだ東京の大学にいるし、またこれから行くから、それ以上おじいちゃんやおばあちゃんに迷惑をかけてはいけない、と思って諦めた。

何も知らないあっ君が、ママの進みたかった大学の同じ学部を選び入学したので、ママはびっくりした。さらに、あっ君は大学院に進んでパパが持っている博士号を取った。中学生のときの悔しさが23年後に消えた。

あっ君は楽しい大学生生活を送った。アルバイトをして、友達とヨーロッパへ何度も行った。

ギョウザ「おぼた」

「やまのおくの学園」での毎日に慣れず「な・か・な・い」と言ったボクでも泣いていた。

ボクは東京駅まで学園のバスで行き、それから、電車に乗って家へ帰る日が来るのが楽しみだった。待ちきれないほど待った。家に帰ったときは白い愛車に乗って、パパとプールや隣の大きな市や玉川上水の水源など、いろいろなところへ行った。

ママは仕事をしながら、ボクの好物をいっぱい作ってくれた。テーブルの上に肉と野菜の混じった大きなボールを置いて、パパ、ママ、あっ君がそれをスプーンですくっては白い薄い皮の上においで包んだ。ボクが大好きなギョウザだ。

お皿いっぱいに並んだギョウザを食べるとき、これは小さいから、大きいから、と包んだ人を言い当てていた。春巻きもおんなじで、ぶくぶくしているとか、しまっているとかで、巻いた人を言い当てた。賑やかに食べた。

スキヤキの肉は、あっ君とボクで競って食べ、1キロをぺろり。

「おぼた」もよく作った。パパとママの故郷では「おはぎ」や「ぼた餅」のことを、「おぼた」という。春休みには、蒸したお米をつき、それを丸めて「おぼた」を作った。お正月の準備でお餅をつくときには、お餅を丸めた。それに付けるものも準備した。

ママは、その前の日に小豆を煮て「あんこ（あん、のこと）」を作った。パパは「きな粉」が大好き。ボクは「あんこ」が大好き。和食があまり好きでないあっ君のためには、「ごま」や「あおのり」「大根おろし」も用意した。納豆を用意したこともあった。これがボクの家の楽しい、いつもの行事だった。

サルビア号

夏にパパ、ママとボクは船に乗った。広い船の上に楽しい音楽が流れて、飲み物がいっぱい置いてあり、みんな自由に飲んでいた。

飲み慣れないものを飲んだパパとママは、良い気持ちになったらしい。それはボクが後で知った「さ・け」が少し入った飲み物らしかった。ボクが飲んだのはジュース。

船の上の大勢の人が手をつないで輪を作り、足を上げたりして踊った。大勢の中にまじり同じことをするのが苦手なボクも、いつの間にかパパとママの間で足を上げて踊っていた。

船の上は楽しい音楽、いっぱいの笑顔。夏の夜空に花火がいくつも咲いてきれい、きれい。ボクの最高の夜。次の年の夏はあっ君も一緒だった。20年後にこのサルビア号はなくなった。

磐田のおばあちゃんとのお別れ

「やまのおくの学園」にいるボクのことで頭がいっぱいのママに、「おばあちゃんが倒れた」との電話が磐田のおじいちゃんからあった。驚いたママが駆けつけると、手も足も動かせずに、全くしゃべれないおばあちゃんがベッドに寝ていた。

おじいちゃんは、夜中でも起きて一日中おばあちゃんの世話をするので、腰を痛めてしまった。おばあちゃんはいやがったが、近くの老人病院に入れることになった。

それより前にパパ、ママとその病院にいたおばあちゃんに会いに行ったことがあった。ベッドから起き上がったおばあちゃんは、優しかった顔がさみしい顔に変わっていて、ボクの口がポカーンと開いてしまった。

そのとき、おばあちゃんは「かず、を大事にしろよ」とパパとママに言った。おばあちゃんから聞いた最後のことばだった。パパとママは、そのことばをいつも大事にしていた。

老人病院に入院したおばあちゃんの具合が良くなかったので、隣の大きな市の専門の病院へ移った。検査でパーキンソン症候群とわかった。ママは、片道5時間かけて毎週通った。その間は、ボクのところには来てくれなかった。

1年が過ぎた頃、おばあちゃんの誕生日が近づいたので「誕生日までがんばろうね」とママが言うと、おばあちゃんは驚いた顔をしただけで何も言わなかった。

ママは別れが近いと感じた。誕生日を待てずに、おばあちゃんは亡くなった。

メアリーさん、おがみ屋

ボクは、「やまのおくの学園」から家に帰ると、もう学園には行きたくないことを、パパ、ママに伝えたかった。でもうまく言えなくて、今されているいやなこと、痛かったことなどの苦しい気持ちが、ボクを動かして、パパやママに同じことをしてしまった。

パパと本屋さんにいるとき、ボクの手がいきなり動いて、パパの顔が本を並べてある木の枠にぶつかって、パパの前歯が3本折れた。パパとママの髪の毛も、ずいぶん引っこ抜いて2人の頭の毛は少なくなった。

ママは昔、キリスト教系の大学で寮生活を送ったことがあった。寮ではいつも聖書を読み、賛美歌を歌った。クリスマスには、夜の12時にロウソクと賛美歌の本を持って、大学のキャンパスのあちらこちらで賛美歌を歌った。これをキャロリングと呼んだ。キャンパスの中でいくつもの賛美歌が歌われ、すばらしかった。

そして、ママは、これは昔、本当に起こった事と確信し毎年キャロリングを楽しんだ。このすばらしい体験をいつまでも忘れられなかった。

それから時間が過ぎてボクのことで苦しんでいるとき、ママは近くの教会の家庭集会にボクの小学校の友達のお母さんからのさそいを受けて出席した。ママはある夜のこと、寝る前にひとりで敷き布団の上に座ってボクのことを思い、祈っていると、イエス様を信じることばが自然と口から出た。でも、それが信仰を受け入れる言葉だった、とは、そのとき全く気付かなかった。

その後にママは、ニューエイジというアメリカで始まった思想・実践に凝り、ハイアーセルフという魂に宿る「高次元の自分自身」を求めて横浜まで通い、祈ることを教えられた。ママはボクのために必死で祈った。そのとき「おがんで願いがかなうなら、誰でもおがむ」、そしてママがやっていることは「おがみ屋」だとも、誰かにはっきり言われた。

そして横浜に行く朝、ママは階段から足を踏みはずして背骨の横突起を折り、5日間入院した。「神様はこわいもの」と思った。これが、ママのこわい神様、との最初の出会い。

尋常ではないボクのパニック（自身内部の感情を抑え切れないことから来る、自分や他人への攻撃行動、ボクの昔からの異常行動）に悩んでいたママは、学生時代から持ち運んでいた聖書を開いた。

そして何気なく、パッと開いた聖書のページの、「私は平安を残す。私が残す平安は、この世のものとは違います」の文章が目に飛び込んできた。この平安が欲しい、と思ったママは、それまで通っていた英会話教室の建物内にバイブルクラスがあることを知った。

ママはそのクラスにも行ってみた。

オーストラリアの宣教師、メアリーさんのクラスだった。

そのクラスは「始めにことばがあった。光はやみの中に輝いている。やみはこれに打ち勝たなかった」という聖書の文章から始まった。

これを読んだママの顔が涙と鼻水でぐちゃぐちゃになった。メアリーさんは、不思議な顔でママを見ていた。次のクラスのときにも、また涙が流れてきて鼻水も出た。メアリーさんとの出会いがママを慰めてくれた。

そしていつか「おがみ屋」と言われたことについて、メアリーさんにたずねた。メアリーさんが知人のお寺の人に聞くと、神以外のものに祈ることをいうのだ、と教えてくれたそうだ。

ママは昔、夜、布団の上で「イエスさまを、信じます」と自然に口からことばが出た。それは信仰を告白することばであった、と気がついた。

横浜に行ったことは大きな間違いだった、と気づいた。そしてお寺通いやおがむことが恐ろしくなり、また神様もこわいものと思ってしまった。ママは横浜に行くのはやめてメアリーさんの神様に少し付き合おう、と決めた。この後、ママが通っていた横浜の人が突然に亡くなった。

これにもママは驚いた。そして、その人の葬儀のために横浜へ行き、帰りの電車で座っているとき「だから、私は～を愛する」という声を心に聞いた。～はボクのことであると、はっきりと感じた。

脱走

学園から家に帰るときは、楽しくてルンルン。でも1週間家にいて、あのこわい学園に帰る日が近づくと、こわくて体がかたくなってしまった。それまでは、家から園の迎えのバスがくる東京駅までは電車で行っていたのだが、電車の中で大声でわめき、パパやママにつかみかかることが多くなり、電車は、あきらめて、ママの運転する車で行くことになってしまった。その車をも止めようと、ボクは運転しているママの髪の毛を後ろの席から引っ張った。

パパもママもボクの気持ちはわかっていたのだが、それぞれの仕事のためにボクを園に行かせなければ、ならなかった。やむを得ずパパは大きなヘルメットをかぶり、両手に軍手をして、あばれるボクを押さえなければならなかった。

たくさんあった苦しいつらいことのなかでも、このときがボクの家族3人にとって一番きびしかった時期だった。

とうとうボクのがまんが切れてしまった。

ボクは毎月、学園から家に帰っていたが、ママは磐田のおばあちゃんの介護で約1年の間学園には全く来てくれなかった。ボクは、寂しくて不安だった。その間パパだけボクに会いに来ては、くれた。

でも園の保護者会の後で、パパママと、やまのおくにある学園から、ふもとの町のレストランに行ってボクの好物を食べる事もなくなって寂しくて不安だった。

同じ部屋の友達は、みんなパジャマを着て布団に入っていた。そばのガラス戸に触ると、スーッと戸が動いた。そして、はだしのままでボクは台風で雨と風が吹き付ける外へ出て行った。

学園の門の前で道が2つに分かれていたが、よくわからないまま、いつもと違う反対の道を選んでしまったらしい。明日はパパとママが来てくれる、とわかっていたが少しでも早く会いたかった。

所々に立っている電灯のあかりを見て歩いた。車には一台も会わなかった。雨と風でパジャマが重くなり、途中で捨てた。電気のついた大きな建物に着いたときには、真夜中になっていた。

気がつくとボクは、パンツを脱いで真っ裸だった。そこは、山が重なり合った渓谷を通り越した隣町の病院だった。明るくなると、嘘のように日が出て青空が見えた。

次の日、学園に来たママに園長先生は、ボクが「異常な行動をした」と言った。

ママはそれを「自殺行為」と、とらえて危険を感じ動き始めた。

「やまのおくの学園」卒業

ママは、「やまのおくの学園」に不安を感じて同じような不安を持っていたKちゃんのパパと、相談し始めた。それに、もう一人のお母さんが加わった。

ボクのパパとママは、思い切ってお役所の係の人に相談に行った。

係の人は、学園を出るように言った。パパとママは、「やまのおくの学園」の父母会に行き、ボクを「いつものレストランへ連れて行く」と伝え、車に乗せた。でも、レストランには行かずに学園に来るときに通った、あの長ーぃ道を逆に走った。

変だな、と思っていると車の中でママが「が・く・え・ん・おわり」と言った。ボクの体はイスから飛び上がって「わぁーい」という大きな声が出た。

そうしてボクは、「やまのおくの学園」を卒業した。

それからも、また大変だった。学園の理事長が、代議士を動かしてお役所の係の人をおどしたので、担当した係の人は、ボクたち3人を放り出した。ママは考えたすえ、ボクたちのような弱い人を助けてくれる議員を探した。

おじいちゃんは、苦しんでいるママに「終わりのないものはない」と励ましてくれた。ママの見つけた議員が、お役所の係の人に話してくれてボクとKちゃん、そしてM君まで助けてくれた。

ボクは新しい園に入る前に、緊急一時保護施設に4度移った。おだやかな施設だったがボクには、はっきり仕事と思える作業はなかった。先生たちが「たなべ君は～日まで」とか「今度は～日まで」と、話すのが聞こえてきて不安になった。

ボクは先生の話す内容も全部わかっていたけれど、面倒なので、いつもわからない顔をしていた。家に帰ると、毎日、勉強をして、ママが出してくれるカードを読んだり、パパと日記を書いたりしている。

ママがボクの服や下着に、ひらがなで、いつもボクの名前や名字を書いてくれるので、自分の名前も覚えた。

車の窓から見えるひらがなで書いてあるスーパーやお店の名前、看板の「うどん」「らーめん」と書いてある字も読める。

数字は100までわかるし、30までは確実に言えて書ける。ひらがなも読めるし書ける。でも重なり合って書いてしまうので、パパがボクの手を持って下にずらしてくれる。

漢字カタカナも少しわかるし、お菓子の袋の上の字だって読める。曜日も読んで言える。なのに施設の人たちは、ボクを全くの「わか

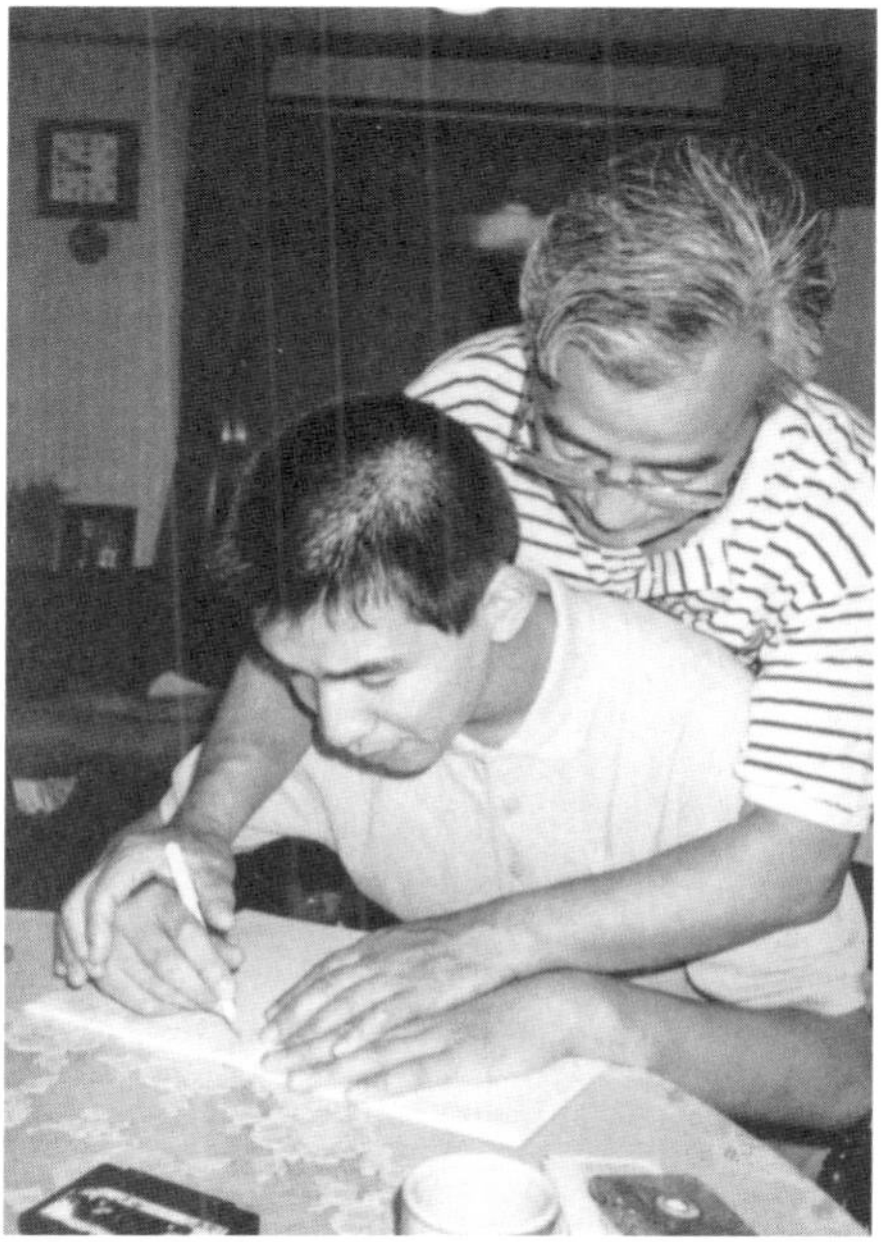

ボクのおべんきょう

らんチン」だと思っていたのだ。

やまの園

1年後、ボクが働ける新しい園に入ることになった。初めてその園に行く車の中で、ママが「近い？　遠い？」と聞いたので、「やまのおくの学園」へ行ったときのことを思い出して「近い」と答えた。でも、新しい園は「まち」ではなくて「やま」だった。「やまの、おく」ではなかったので、ほっとした。

やまの園には新しい友達や新しい先生がたくさんいた。そして、G学園の懐かしい友達もいた。ボクの仕事も、少しずつ始まった。

初めは「コーヒー」などの缶をつぶしたり、粘土をいじったり。そのうちに「マウス」というものを分解する仕事もした。ボクは得意になって、パパの机の上のマウスをきれいに細かくしてあげた。パパは驚いて、次からは、マウスは机の上に置かなくなった。

やまの園に入ったばかりのときは、先生がいろいろなところを歩かせてくれた。林の下の木の根が張っている小さな道を通り、古い何かの施設らしい建物からそれて、広い畑のわきの道の端を歩くと、高い煙突のある建物があった。

そこは大勢の人がお風呂に入るところらしかった。ボクの園で作ったパンが売られていたりする、市営のいこいの場だ。そこまでの道を覚えたので、パパとママを連れて行った。少し道をそれると、紫の花のミツバツツジの花がいっぱい咲いていて、その下に、いいにおいのする白いスイセンの花が一面に咲いていた。

パパとママは、そこが大変気に入った。

でも、しばらくして3人で行ってみると、木の根が張っていた道は消えてわからなくなり、いいにおいのする花もほとんどなくなっていた。

パパの仕事が忙しくなって、パパの専用の部屋が必要になった。2階のパパの部屋の隣に、ボクの部屋を造ることになった。ママが「狭いけどいい？」と言ったので「いい」と答えた。

ボクの部屋は細長くて狭かったけれど体が長いボクに合わせたベッドがあって、ボクの選んだジュウタンと、それに合わせたカーテンがあって気に入った。毎週家に帰り、この部屋で眠るのが楽しみになった。

夜は隣り合ったパパの部屋でパパと2人、男同士いろいろ話した。

学園のことや食べたいものなどを。ボクはママの用意してくれるご飯の中でエビフライが一番好き。卵かけご飯も食べたい。

お家で食べる朝ご飯は、紅茶、サラダ、目玉焼き、それにハチミツパンやソーセージパン。

でもカリカリベーコンもそろそろ食べたい、と伝えた。伝えたメニューは、すぐに出てきた。

そしていつも、食べる前に「感謝します」で始まるお祈りをした。

第六章　ママの苦難

ママの洗礼

ママは、楽しくメアリーさんの教室に通っていた。

メアリーさんは、オーストラリアで小学校の先生をしていたが、生徒に何を教えたらよいのか解らなくなって、やめたらしい。そして「日本に行きなさい」と、心の内で言われたという。

そのとき、メアリーさんの目には、聖書の中の文章、「私はおまえたちの上に人をふやす。彼らは子を産んで増える。私はおまえたちを昔のように人の住むところとし、初めのときよりもさらに栄えさせる」が目にとまった。

そこで、メアリーさんは2人の息子さんたちに「日本に行く?」と聞くと、「行く、行く」と答えた。

テリーさんとメアリーさん

上の息子のSさんは、日本でテニスのコーチをして日本の女の人と結婚してK君が生まれた。弟のRさんは、アメリカンスクールに通い、ボクのママの教室にも来てくれた。そしてオーストラリアに帰って、アメリカンスクールのときの友達の姉妹と結婚。2人の子供のお父さんになった。メアリーさんの家族は、日本で大きくなった。ママはボクたちが昔よく行っていた小川の水にもぐって、メアリーさんから洗礼を受けた。メアリーさんは、ママを家の近くの小さな教会に連れて行った。

ボクが帰らない日曜日には、パパとママはそこに通った。

パパは、「た・ば・こ・や・め・よ」と、ボクが言ったことばを覚えていて、タバコを吸わなくなった。パパも洗礼を受けることを決めた。

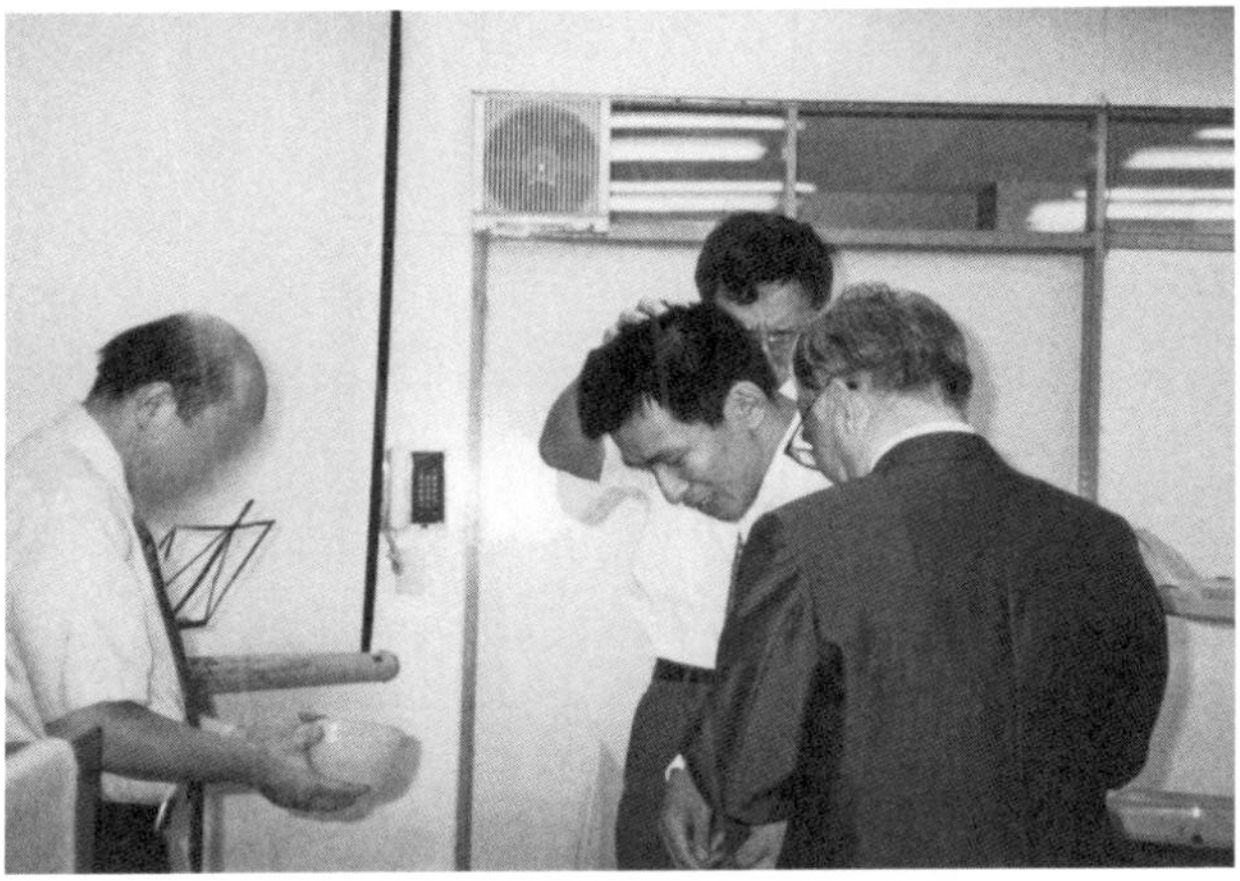

ボクとパパの洗礼

そのとき、ママがボクに「神様はいる？」と聞くので、昔いた学園の小川のそばの十字のついた建物から音楽が聞こえてきた記憶がよみがえってきて「いる」と、はっきり答えた。

ボクもパパと一緒に洗礼を受けた。

あっ君も、教会で行われた友達の結婚式に感動して神様を信じ、ボクたちの後に洗礼を受けた。そしてボクたち４人の家族が全員、教会に行くことになった。

その後、日本に10年いたメアリーさんは「戻りなさい」と、はっきりと言われたような気がして、大きくなった家族と帰国した。オーストラリアでは、「これまで年金の積み立てをしなかった人たちにも同じように年金をあげよう」との市長のことばで、メアリーさんたちも年金をもらえるようになった。すばらしい。

ゴミ

またまた、ママに災難が起こった。

それまで、近所のゴミを捨てる袋と缶を置いていたボクの向かいの空き地に、新しく家が建った。

その家に越してきた人が「ゴミの缶の置き場所を、ボクの家の塀のところにしてほしい」と言った。毎日教室に来る生徒さんが自転車を止めるところだったので、ママは困った。ボクの後から来た近所の人には、ママの教室が目障りだったらしい。

それまでも、いろいろないやがらせを受けていた。ゴミの缶の置き場は、一つの口実だった。近所の人たちは、ボクの家のゴミを置かせない書類を作って、市の係の人を驚かせた。

誰かがボクの家の車にペンキを投げかけたり、油を門にかけたり、また夜中には無言電話が鳴った。ペンキも油も、その跡がその人の家の門まで続いていたし、夜中にその家のトイレのあかりが消えた後の無言電話とわかった。どんなことも明るみに出てしまうのだというのが、ママの学び。

その後1人で清掃センターまでゴミを運んでいたママに、市の係の人がボクの家のゴミを運んでくれると言った。一件落着！

その数年後、すべてのゴミは個人の家の前に出すようになった。同じようなトラブルがあまりにも多いので、そのようにした、と市の説明会でママは聞いた。

あっ君の引っ越し

あっ君は大学を卒業した後で、大勢で働く大きな会社をいやがって、こぢんまりした会社へ入った。

そこで働きながら勉強をして、国家資格を取った。そして会社に通うのに便利な駅の近くの静かなところに小さなアパートを見つけて、自分の荷物を運んでいった。

その後でボクが入ったあっ君の部屋は、何ものっていないベッド、机とタンスがあるだけ。あっ君がいなくなった。ボクたちの太陽がなくなった。

あっ君が置いていった白い自転車が、ボクの3台目の愛車になった。この愛車でパパと隣の大きな「まち」や、遠くの大型店へ行った。どこまでも行った。その頃はパパも若かった。

チャタロー君

黒くてぬれた鼻、黒くてガラス玉のような目、きりりとした体に、よこ柄の入った柴犬のチャタロー君は、ママの自転車の横をいつも走ってママの行くところならどこへでも行った。チャタロー君は、綱をつけられて待っている場所があるところには必ずついて行き、ブルブルと体を震わせて、正座姿でお座りをしてママを待っていた。周りからは「イヌのおばさん」と言われたし、ママもそう思っていた。ママの良いストレス解消となっていた。

いつも、ママが教室を終えた後チャタロー君の首の留め金をはずすと、ひとりで門から飛び出していって、遊び終わると家の門の前でママがくれるジャーキーをお座りして待っていた。チャタロー君には、遠いところにもたくさんの友達がいたようだった。

そのチャタロー君が急に食べなくなり、動けなくなった。

獣医さんから、ノラちゃん時代に「蚊にさされたことによってうつった病気」と言われた。

ボクの家に来てからは、ずっと予防薬を飲んでいたのに。

動けなくなっても散歩には行きたがり、その後では、足を引きずって歩いたために道路で傷つい

チャタロー君

た前足や後ろ足を一生懸命なめた。チャタロー君は動けなくなって部屋の中に入ってからも、排泄の失敗は一度もなかった。

「和犬は排泄がかたい」と獣医さんが言った。

部屋の中でいつでも歩けるように準備していたチャタロー君は、動けなくなる前の散歩で、何ヵ所もの遠くのワンちゃんに会いに行き、さみしそうに鳴いた。

ママは、チャタロー君がお別れをした、と思った。チャタロー君は、自分の命をよく知っていたのだ。

チャタロー君はママがいない間にパパの腕の中で、開いていた、つやつやした目があっという間にシワシワになり、体を震わせて息をしなくなった。

チャタロー君とも別れた。

あっ君の入院

ボクたちがアメリカへ行く前、突然あっ君から電話があった。久しぶりの電話だった。病院にいる、という。

翌日、驚いたパパとママが吉祥寺駅近くのあっ君がいる病院に行った。

あっ君は朝会社に行く途中、急に足が痛み歩けなくなり救急車に乗ることになったらしい。ベッドの上のあっ君は、顔色は良いが元気がなかった。会社の上司が見舞いに来てくれていて、パパとママに会った。

コルセットを着けて、しばらく入院することになった。アメリカへ行く日が近いので気になりながらパパとママは病院を出た。多分、疲れがたまり腰への負担が大きかったのではないか、と思った。

ボクたちがアメリカから戻ったときには、もう退院していた。この後もあっ君は、勉強しすぎて腰をさらに痛めたことがあった。連絡がないことはありがたい、元気でいる証拠だ、とパパとママは思った。

アメリカと飛行機

パパとママが通っていた教会で、アメリカのカルフォルニアへ行くグループがあった。パパが洗礼を受けるきっかけになったマーリン牧師に会いに行く、グループだった。ママは、ボクと一緒に行きたかった。

そのとき、磐田のおじいちゃんが初めてお金をプレゼントしてくれた。

ママは大決心をして、ボクを連れて行く計画をたてた。でも、ジャニスには会えないグループだった。

ボクはママが「これからアメリカへ行く」と、言ってくれた意味が、よくわからなかった。飛行機に乗ってからボクは、地面から離れて飛んでいることを知って、あわてて大騒ぎをした。

養護学校のとき、ボクが2階から投げたものは、全部地面に吸い込まれた。ハサミのように重いものは早く下に落ちた。この大きな飛行機が落ちたらどうなるだろう、と思って恐ろしくなり、大声が出てしまった。

パパの聞きたかったマーリン牧師の話のときも、

マーリン牧師とボクたち

イスに座れなかった。飛行機が落ちるかもしれない恐怖が続いていて、部屋から飛び出して、走り回っていた。

パパは、ボクを追いかけて話は全く聞けなかった。この後でマーリン牧師とグループ全員が食事をした後、ボクの家族がマーリン牧師と写真を撮った。ボクがアメリカに行った唯一の証明。

本場ディズニーランドでは、いきなり空を飛ぶ船に乗せられて、こわくてママの髪の毛をつかんだまま大声が出た。ボクのわめき声が、楽しい音楽を消してしまった。

床屋さんで座っていたイスが、不意に上がるのさえ恐れていたボクには、乗り物ごと空中を振り回されるなんて、パニクルのも当然。養護学校の教室の窓から投げたハサミが、あっという間に下に吸い込まれていくのを思い出した。

夜の散歩を楽しみたいのに、車に乗るだけで自由に歩けず、また食事もひどくて食べられなかった。やっと日本の「うどん」らしいものを買い、大事にホテルで容器を開いた。注文した「さぬきうどん」は、白い発泡スチロールの容器の中に、白いマカロニがいくつか浮いているだけで、残りは茶色の塊。「うどん」なんてものではなかった。期待が裏切られたボクは、「いやぁー」と叫び、ホテルの部屋中を走り回った。

ママも「食べられるものではない」と、何度かに分けてトイレに捨てた。トイレが詰まるのを心配しながら。

思い切って、ママはお寿司を食べさせてくれた。これが、アメリカで食べられた唯一の食事。帰りも大変だった。

また空を飛ぶのがこわくて、グループの若い人2人が、大声をあげて走り回るボクを両側から押さえて、飛行機の座席まで連れて行った。

すると、係の人が来て「降りてください」と言った。ボクたちのトランクなども全部降ろされて、翌日の搭乗となった。

さらに搭乗するには3つの条件があった。ボクが薬を服用してくること。ボクの横にいた若い2人の人のひとりと一緒であること。誰にも押さえられずに、ボクひとりで歩いて飛行機に乗ること、の3つだった。

グループに加わっていた現地に住む人が、ボクたちを病院に連れて行ってくれた。説明を受けたお医者さんは、薬を出してくれた。ボクたちは、その若い人と同じホテルに泊まった。

パパとママは薬を飲むこと、若い人が一緒に行ってくれること、の2つの条件は整ったが、最後の条件で絶望的になった。

パパは、絶対に日本には帰れない、と青い顔をしていた。

ママは、帰れるときまでのお金の心配をしていた。

ボクも心配で、大声でホテルの部屋の中を走り回るのに忙しかった。

次の朝、パパがベッドに座って目をつむって祈っていると、目の前がパーッと明るくなり「今日、日本に返す」と言われた気がした。

そして、ママに「何をしているの」と、どなられた。


その朝早く薬を飲んで、飛行場の、ひろーぃロビーに着いたとたんに、ボクはまた恐ろしくなった。大声が出て走り回りそうになった。飛行機から逃げたかった。若い人が、ボクの動きを、がっちりと両腕で押さえて、飛行機の入り口に連れて行った。

パパとママは、さっさと入り口から入ってしまった。取り残されてはいけない、と思ってボクも急いでパパとママの後についいて歩いた。若い人が手を放してくれて、入り口から入った。振り返ったママは、ボクが1人で飛行機の入り口をまたぎ、飛行機の中を歩いて自分の後についてくるのを見た。

席に座ると、その若い人がボクの横に座ってくれた。

青い目で、白くて立派なヒゲをはやし、白い服に青い飾りをつけた男の人が、ボクの前に来て、かがんでボクの目を見て言った。

「私は機長。この飛行機は絶対に、落ちない。大丈夫」とボクの手をトントンとたたいてくれた。

きれいな若い女の人も、「私たちはみんなクリスチャン。何かあったら言ってください」と親切だった。隣の若い人が、ボクの腕を押さえてくれ、動けないので安心できた。

でも、ママのリュックの中にはボクの食べ物、飲み物も残っていなかった。

隣の席に座ってくれた人が、大事に持っていたスターバックスのコーヒーをボクにくれた。疲れていたのでとてもおいしかった。それからコーヒーが大好きになった。

隣の人には申し訳なかった。

日本に帰って病院へ行き、ボクが飲んだ薬をお医者さんに見せたところ、その先生は「こんな軽い薬でよかったなんておんのじよ。もう来なくてよい」と言った。ボクの薬がなくなった。ほんのわずかの間だったが。

リバス神父さま

この頃、ママはリバス神父さまの面談を受けていた。

リバス神父さまは、青くすきとおった目がすばらしかった。ママは、そのような澄んだ目を見たのは初めてだった。スペインから来た神父さまだった。

リバス神父さまは、17歳でイエズス会に入会。ものすごく勉強して8ヵ国のことばをマスターした。

そしてテレビでデモをしている日本人を見て、日本の人たちにキリスト教を伝えたい、との思いで、船で1ヵ月かけて、やってきた。それからは日本各地の隅々まで足を運んだ。自分のベッドはいつもあいていたので、リバス神父さまを訪れた人たちが、使っていた。

すばらしい本を日本語で何冊も書いた。リバス神父さまは大活躍だった。

ある朝、リバス神父さまは突然に起き上がれなくなった。うつ病だった。

車椅子生活になって「日本での治療法はない」と、お医者さんに勧められてアメリカに渡って、専門の治療を受けた。

そして、よくなって日本でまた仕事を始める準備をしているときに、ママが会いに行った。

でも、仕事を始めてから、また具合が悪くなり、今度は生まれた国、スペインへ帰った。母国のスペインに帰って、シリーズ最後の6冊目の本を書き上げた。日本に戻った後もリバス神父さまは日本の人たちが忘れられなくて、日本に戻ろうと、いろいろな方法をとった。

1年後、リバス神父さまは「やっと帰って来《こ》れた、やれ、やれ」という姿で、日本でママたちと会った。でも人気のある神父さまは、全国から会いに来る人々とお話しして、その人たちの苦しみを聞き祈っているうちに、また具合が悪くなった。

ママはボクのことをリバス神父さまに相談していた。ボクの写真を見て「心がきれい」と言ってくれたり、ボクが辛いときの写真を見たときは「これはうらみの顔」、「かずのりにはもっと祈りが必要」、「かずのりは十字架のイエスさまの道を歩む」とも言ってくれた。

また、ママとボクが写っている写真を見て「この愛は育つ、目に見えない育て方がある」、そして「かずのりはママのたからもの」と言ってくれた。

そして、あるとき神父さまから電話で「これから、かずのりに大きなことが起こる。もし起こらなければ、このままいくのが、神のみこころ」と言われた。

残念なことにボクには何も起こらなかった。リバス神父さまは、「祈りの神父さま」と言われていたように、お祈りを通して全部わかるようだった。

ボクはリバス神父さまと一緒にコーヒーを飲んだことがある。

いつもママはリバス神父さまのことをボクに話していたし、写真でもよく見ていたので、知らない人とは思えなかった。生クリームが大好きなリバス神父さまは、ボクと同じコーヒーに砂糖とクリームを、たっぷり入れておいしそうに飲んだ。

ボクの食べていたフライドポテトを神父さまの前にずらすと、神父さまは食べてくれた。青いきれいな目が悲しそうだった。

お年をとったリバス神父さまは、訪れてくる人々の期待にこたえて一つの集まりを作った。ママは、そこでお手伝いをするようになった。「神は愛です」と、言い続けるリバス神父さまのお手伝いをしているうちに「神様はこわい」とは思わなくなった。

メカに弱いママは、精いっぱいがんばって、リバス神父さまのブログを書いたり講話のＣＤをたくさん作り、その講話をユーチューブ（動画投稿サイト）で紹介したりした。このときがママの一番生きがいを感じていたとき。

磐田のおじいちゃん

ママは学園にいるボクに会いに来てくれたり家に帰ったときのボクの世話、そして仕事が忙しくて、磐田で独り暮らしをしているおじいちゃんに長い間、会いに行けなかった。

ある日ママは、近くの林を歩いていたら、急におじいちゃんに会わなくては、と思った。

ママははっきり「行きなさい」という声が聞こえた気がして、すぐにおじいちゃんの家に行った。

ママがおじいちゃんに会いに行くと、いつもの庭の芝生が見える廊下のイスに座っていたおじいちゃんが、ママの顔を見て「どちらさん？」と言うのを聞いてママは驚いた。台所にいたママの妹のムッコおばちゃんが「何しに来た」と大声を出した。弟のおじちゃんもママがおじいちゃんに会いに来るのをいやがった。

ママはおじいちゃんの様子が気になって、毎週末帰るうちに、弟のおじちゃんやムッコおばちゃんが、おじいちゃんの気づかないところで、いろいろしているのに気づいて、これは大変なことになる、と困っていたら、パパが「弁護士だよ」と言った。

ママが迷っていると「言われたことを、すぐしなさい」と、いつもの声が聞こえた。

ママは弁護士さんを見つける方法がなくて、途方にくれていた。

「銀行から」と、いつもの声が聞こえた気がした。そして、おじいちゃんの口座のある銀行へ行くと、その銀行の顧問をしている弁護士さんを教えてくれた。なんとママと同じぐらいの年齢のクリスチャンだった。この弁護士さんが、おじいちゃんのことが全部終わるまで、ママを助けてくれた。

それから3年後、おじいちゃんが住んでいた磐田市の土地の区画整理が進んで、おじいちゃんも、自分の家から動かなければならなくなった。おじいちゃんが家を移る前に「東京の家で一緒に、暮らそう」とママは誘ったが、おじいちゃんは「いやだ」と断った。磐田の家では自治会長や、お宮の世話人をして宮司さんとも親しく、たくさんの友達がいたので、ちゅうちょしたのだ。

仕方がないので、いろいろな老人施設を探して見学して、隣町に、お年寄りが集まって住む小さな施設を見つけた。芝生の見えるきれいな部屋に、おじいちゃんは移ることになった。どんなことがあっても、お気に入りのイスから動きそうもないおじいちゃんを車に乗せて、その施設の、これからのおじいちゃんが暮らす部屋に入った。おじいちゃんはびっくりして「心の準備ができていない」と言った。

おじいちゃんの脱走

ママが泣きながら説明すると、おじいちゃんは「いいよ、よくやってくれた」と言った。

おじいちゃんは、64年間住んだ家が忘れられず、たまたま開いた窓からボクが前にしたのと同じように、施設からこっそりと抜け出した。

そして、電車で自分の家へ行った。これもたまたま鍵がかかっていなくてわずかに動いた窓から自分の部屋に入ると、おじいちゃんのお気に入りのイスやテレビなどがなかった。

おじいちゃんは「どうしてこんなことになったのだろう」と床に座り、自分の家が施設に移ったのだ、と気づいた。

その後もおじいちゃんは、元気な頃によく行っていた温泉や、なじみだったところへタクシーで行った。ママは、そのたびごとにタクシー代や温泉に入る料金を持って謝りに行った。ボクが迷子になったときのように。

きれいな施設では、若い人たちがよくお世話をしてくれて、おじいちゃんは落ち着いた静かな生活を過ごせるようになった。

桜、菜の花

でも、おじいちゃんは「こんなところに押し込められて」と言い、元気がなかった。

それでママは、おじいちゃんを慰めるために、車で施設の周りをドライブした。

ドライブしていると、運転席の前のガラスに花びらが落ちて来るのに気づいて車を降りて見上げると、満開の桜があった。

その木の横の道を上ると川が流れていて、その両側の川原には満開の菜の花。その上に満開の桜が、空に届くように両側の土手の上に並んでいた。黄色い菜の花とピンクの桜が、青い空に吸い込まれるように咲いていた。「天国だ！」とママは思った。

感動したママは急いで車に戻り、おじいちゃんに「すばらしいところよ、車を降りて見よう」と誘った。でも、おじいちゃんは「いい」と言って動かなかった。

おじいちゃんは、いつも言っているように「自分の体で精いっぱい」だった。

こんなに美しい場所が、おじいちゃんの住む施設の近くにあることにママは安心した。

ママはおじいちゃんの施設に毎週通ううちに、施設のおばあちゃんたちとも仲良くなって、賛美歌や、おばあちゃんたちの懐かしい歌を一緒に歌うようになった。

「あなたと歌うと、ここがスーッとする」と胸をなでおろすおばあちゃんもいて、ママが行くのを楽しみにしてくれる人たちもいた。

おじいちゃんとのお別れ

さらに2年後には市の区画整理が進んで、おじいちゃんの家は自慢だった庭や大きな家もない平らな空き地になった。

おじいちゃんのいる施設には、ママと後見人の人しか来てくれなかった。おじいちゃんは、毎日ママの弟のおじちゃんや妹のおばちゃんが来てくれるのを待っていて、寂しそうだった。

ママはおじいちゃんを、昔、毎夜通っていたなじみのお店へ連れて行った。そのお店では、お医者さんの許可をもらって、少しのお酒を楽しんだり、昔の友達に会えてうれしそうだった。

おじいちゃんは「娘は愛せる」と、初めて施設のお年寄りや、そこで働いている人達の前で言った。

ママは、おじいちゃんの住んでいた土地に、ママが来たときだけ2人で暮らす小さな家を建てたいと計画を進めていた。


いつものようにおじいちゃんに会いに行く朝、電車の中で突然ケータイ電話が鳴った。病院からだった。おじいちゃんは朝ベッドから出てすぐに床に倒れて病院に運ばれた。

お医者さんから「蘇生治療をしますか?」と聞かれて、思わず「しないでください」と言った。おじいちゃんは尊厳死協会に入っていて、延命しない最後を迎えることを希望していた。

そしてママは、それ以上おじいちゃんには苦しんでほしくなかった。おじいちゃんの辛い姿を見なくてよいのにホッとして、悲しむどころではなかった。

東京に帰るときには、いつもおじいちゃんとはこれが最後のお別れ、と思い、おじいちゃんと一緒にお祈りをしていた。

お葬式は、おじいちゃんが住んでいた町の会館でママが1人で行った。

ムッコおばちゃんや弟のおじちゃんに連絡したが、来てくれなかった。でも、広間のイスは、おじいちゃんの友人やお世話を受けた人で足りないほどだった。はからずも昔、言っていたように「葬式には大勢の人が来て欲しい」。その通りになった。

あっ君とお嫁さんになったスーザンさんも来てくれて、お花も飾られた。

東京からクリスチャンの葬儀屋さんが来て、おじいちゃんはお花でいっぱいに飾られた。花で囲まれたおじいちゃんの顔は、安らかだった。

その横で、教会の人が、きれいな賛美歌を歌った。おじいちゃんがお世話をした、お宮の宮司さんも来てくれた。

そのあとママは、おじいちゃんとのお別れ会を亡くなったおばあちゃんの若い頃の知り合いのお料理屋さんで開いた。

おじいちゃんの相続

ママの6年間の遠距離介護が終わった。

お葬式の後がさらに大変だった。妹のムッコおばちゃん、弟のおじちゃんと早く折り合う方法を、弁護士さんがいろいろ考えてくれた。

ママが介護に通ったこと、お別れ会をしたこと、これからのお墓のことも考慮に入れない方法を、弁護士さんが提案した。それでもゴタついていた。

結局、ママの取り分が少ない方法で解決した。

市の郊外にある有名なサッカーチームがよく試合を行う競技場のそばの、おじいちゃんの市営墓地には、ボクもパパやママと何度か行ったことがある。お墓の石の横には、弟のおじちゃんの名前が赤い字で刻まれていた。

おじちゃんは、おじいちゃんのお墓を「受け取らない」と言い、墓場のそばに住んでいるムッコおばちゃんも「いらない」と言った。

ママはお墓の中をきれいにして、何もない墓地にして市へ返した。

ママの骨折

ママは磐田のおじいちゃんのところに毎週通いながら、家で小さな教室を続けていた。学年が上がると、学校が終わった後、友達と一緒に大きな塾に行って勉強する子が多くなり、ママの教室の生徒さんは少なくなった。でも、いつものように教室の新聞は作り続けていた。新聞作りの道具が入っているガラスの扉を開けるたびに「まだやっている」と、誰かにはっきり言われた気がして、それがかなり前からだった、と気づいた。

小雨が降る日、自転車の前のカゴに買ったものを入れ、傘をさして歩道を走っていた。傘を持ち直そうとしたとき自転車が大きな街路樹にぶつかり、自転車ごと倒れてしまった。道路の上にお尻から落ちた。

体中にグワーンと大きな音がひびいて、ママは大変なことになった、と思った。動けないでいると、どこかのおじいさんが倒れた自転車を起こしてくれて、血だらけになったサンマの袋を自転車のカゴに入れてくれた。

ママは自転車を両手で押して帰った。背骨の圧迫骨折だった。治療法は寝ているだけ。その間、教室の生徒さんには休んでもらった。

妙に思っていたママは祈ると「聞き従わないのは偶像礼拝の罪」と言われた。

ママは、教室を閉じた。その後、教室の生徒さんたちは、それぞれ志望の高校、大学に進んだ。

1回目は尾てい骨の骨折、2回目は横突起骨折、これが3度目の背骨の圧迫骨折だった。ママは骨折の場所が、しだいに上にくるようでいやな予感がした。

ボクの前歯

アメリカから帰ったボクは、しばらくは薬を飲まなかったが、その後また飲み始めた。そしてなぜか両脚が痛み出した。その頃、ママはおじいちゃんのところへ毎週行っていたので、会えなかった。

でも足の痛みをなんとか伝えたくて、何度も周りの先生たちのそばに行くけれど、ことばで言えないボクを相手にしてくれない。

優しそうな先生がいたのでボクは訴えたが、ボクの訴えの意味がわからない先生は、ボクを突きとばした。ボクがパパにしたように。ボクの顔が固いものにぶつかって、前歯が折れた。

園長先生は、ママに電話をして「やりすぎました」と謝った。ボクの前歯を折った先生は、ボクにもママにも顔を合わせなかったし謝ってもくれなかった。

その後でも足がまた痛んだ。園に来たパパが、ボクの手を引っぱって散歩から帰って来るのを見た女の先生が「リスパダールではないの？　いつもリスパダールを飲むと足を引きずっている」と言ってくれて、両方の足の痛みの原因が薬であることがわかった。

あっ君の結婚

あっ君は会社の仕事が落ち着いた頃、会社に勤めながら、死ぬほど（あっ君の表現）勉強して国家資格を取った。

でも、その資格を取ったことが災いしたようで、それまで勤めていた会社をやめて、別の会社に入社した。

教会では、牧師さんから「結婚について祈りなさい」と言われた。その少し後、あっ君は知り合いの人からスーザンさんという女の人を紹介された。その女の人は、あっ君より背が高くてブロンズの髪の毛、青い目のきれいな人。カナダから来た小学校の英語の先生だった。

あっ君はスーザンさんから「結婚してくださ
い」と言われた。後でママが「どうしてあっ君を
選んだの」と聞くと「一緒にいると楽しいから」
と答えた。あっ君の、のびのびとした性格が気に
入ったらしい。

お嫁さんになるスーザンさんのカナダの家で、
2人の結婚式をすることになった。3度目の骨折
が治ったばかりだったママは、遠いカナダまで行
けない、と諦めていたが、パパは急に「行かなけ
ればダメ」と、初めてママを説き伏せた。ママは、
骨折のため長い時間はイスに座れず、2つのイス
を予約して横になり飛行機を乗り継いだ。

やっと、スーザンさんの家がある近くの飛行場
に着いた。あっ君とスーザンさんが車で迎えに来
てくれた。パパとママは、こんなに遠くの国から
来た人が、あっ君のお嫁さんになることに驚いた。

スーザンさんのカナダの家の倉庫

ママは、スーザンさんの手をギューッと握った。

　夏の夕方なのにスーザンさんの運転する車の外には、菜の花が広がっていて、空の青と菜の花の黄色だけの世界だった。地平線はどこにも見えない。小さな日本では考えられない写真のような風景。幸せを運ぶといわれる「天使のはしご」（太陽の光が地上に降りているように見える神秘的な現象）を初めて、カナダの夕暮れの空に見た。ママとパパは感激した。そして、あっ君たちの結婚が祝福されている、と感じた。

　スーザンさんの家に着いた。白い家の玄関の前には、かわいい花がいっぱい咲いているプランターがいくつも置いてあった。「近所の人が春から準備をしておいてくれた」とスーザンさんは言った。

　スーザンさんの家には、ボクの東京の家がいくつも入りそうな、大きな倉庫や車庫もあった。スーザンさんが結婚式のために刈り込んだ芝生の庭には、レイディという名の茶色の賢いワンちゃんがいた。そして、かわいい小屋があった。中には水道の蛇口もあって、水が出た。スーザンさんとお兄さんのケンさんが作った小屋に、お父さんのピーターさんが水道を引いてくれたのだ。

　庭には小さなリンゴが実っている木があった。この庭を見ながら、ママは近所のおばさんたちと、次の日のスーザンさんとあっ君の結婚式のためにブーケや小さな花束をいくつも作った。

少ない英語の会話だったけれど。楽しい時間を過ごした。

結婚式は、夕方7時からスーザンさんが手入れした芝生の上で始まった。日本と違って、外はまだ明るかった。たくさんの人が来てくれた。

少し暗くなりかけた頃に、庭の隅の大きなテントの中で、大勢の人とゲームや歌を楽しんだ。パパもママも知らない人ばかりだったが、それまでのスーザンさんのことが、少しわかったような気がした。

イスラエル

あっ君は昼間は会社で働き、夜は大学院に通っていた。スーザンさんもあっ君とは別の大学院に通っていた。

あっ君が2度目に入った会社は、あっ君の自由な考えを気に入って採用してくれたのに、採用してくれた人が転勤になり、あっ君だけが残された。あっ君は周りの人と合わず悩んでいた。

そこで、ママがまた立ち上がった。ママは、教会でイスラエルへ行くグループにパパと参加することにした。

パパは、ママの骨折が治っていないのに10日間ものツアーに耐えられないのではないか、と思い、最初はちゅうちょした。でもあっ君の就職のことを考え、さらにママの熱意に押された。そして祈っているとき「ヨルダン川を渡れ」といつもの声が聞こえて、勇んでついて行った。

ママは、カナダに行ったときのように飛行機で2人分の席を取って横になった。イスラエルに入って、貸し切りバスでイスラエルからヨルダンに行くためにヨルダン川を渡るとき、牧師さんが「ヨルダン川の逆渡り」と言うのを聞いて、パパの聞いた声が確かだった、とわかった。いろいろなところを見てまわりながら、あっ君が良い会社に移れるよう、ひたすら祈った。

夜バスを降りるとき、足を踏みはずしてママの首がひどく痛んだ。これが後で大変な痛みとなりママを苦しめた。頸椎ヘルニアだった。

日本に帰った後、あっ君が一つの会社を見つけた。ママには、おだやかな湾の上を大きな船が帆をいっぱいにふくらませて、ゆったりと走っている風景が見えた。

あっ君はその会社に入った。大学院の勉強も続け、パパと同じ博士号を取った。中学から続いた悔しさはやっと消えたらしい。でも、あっ君は「ぼくのようなバカなこと（博士号を取ること）をするのはパパとぼくで終わり、子供には絶対させない」と言った。

これは、パパの意見と違う。パパの博士号取得は、パパのキャリア、大学での勤務や翻訳の仕事などにおいて意味があり、大変役立った、というのがパパの意見だった。あっ君の場合にも、今後必ず役に立つときがくる、とパパは考えている。

小学校の先生をしていたスーザンさんは、大学の先生になった。イスラエルでは「2倍、3倍の祝福を与える」と言われて、そのとおりになった。

ボクの入院

表現できないことからくる苦しい気持ちを抑えられないボクは、やはりイラだっていた。

ママは、ボクが飲む薬をもらうために、遠くのお医者さんまで通わなければならなかった。あるとき、そのお医者さんが出した薬を飲んだ後にボクの腰、お腹、全身が痛んだ。痛いのを知ってほしくて、前の足の痛みのときのように先生の腕をつかもうと、腰が曲がったまま歩き回っていたボクを見て、心配した先生がボクを病院に連れて行き、血液検査を受けさせた。

横紋筋溶解症《おうもんきんゆうかいしょう》という大変な結果が出たので、都心の大きな病院へ行き、1泊の入院となった。ベッドに寝かされて、お尻からたくさんの便を出してくれた。ほかにも何かをしてくれたようで痛みがなくなり、次の日には病院を出た。このときママは、ボクの薬を園の先生に頼むことを決めた。

ママは、それまでお世話になったお医者さんに挨拶に行った。ボクも園の先生と行った。帰りは、車で帰るボクと電車に乗るママと、大きな神社（靖国神社）の中で別れた。境内で、ママは「変わる。変わる」と言われた気がした。何が変わるのか、とママは不思議に思った。そして、そのことが後にボクに起こった。

指の骨折

ママがおじいちゃんのところに行かなくなったので、ボクは毎週、家に帰れるようになった。帰るときはうれしくて、先生に「バイバイ」と言うと、先生は驚いた顔でボクを見た。

いつも、パパとママが来てくれるのが楽しみで、時間があるときはいつも手すりに右手をおいて、パパとママふたりが入ってくる玄関を見ていた。

いつものようにボンヤリと玄関を見ていたら、急にボクの片方の手が引っぱられた。右手の薬指が玄関の手すりの下の溝にはさまれたまま。ボクは思わず「ギャッ」と叫んだ。指から出血していた。救急病院に運ばれた。

その救急病院はボクの家から近くて、ボクも行ったことがある都立総合病院だった。その病院で2人のお医者さんの手当てを受けたが、骨折をしているとのことだった。驚いたことに、そのお医者さんは園の職員に、傷口を水道の水で洗うように指導をした。

そして、ボクの傷口はこれも驚いたことには、ティッシュペーパーでふかれた。

そうしているうちにレントゲンで骨が溶けていることがわかり、傷口もぶくぶくしてきた。

お医者さんは、「骨が溶けてきた、どうしよう」と言った。ボクの右手は骨折した薬指を保護するためのミトン、それを取らないために左手にもミトン、両手にミトンをつけているので食事も何もできない。

ボクが自分でした骨折でもないのに、ボクの右手の指を手すりの裏の溝にはさんだまま、手をいきなり引っぱった先生が憎らしかった。

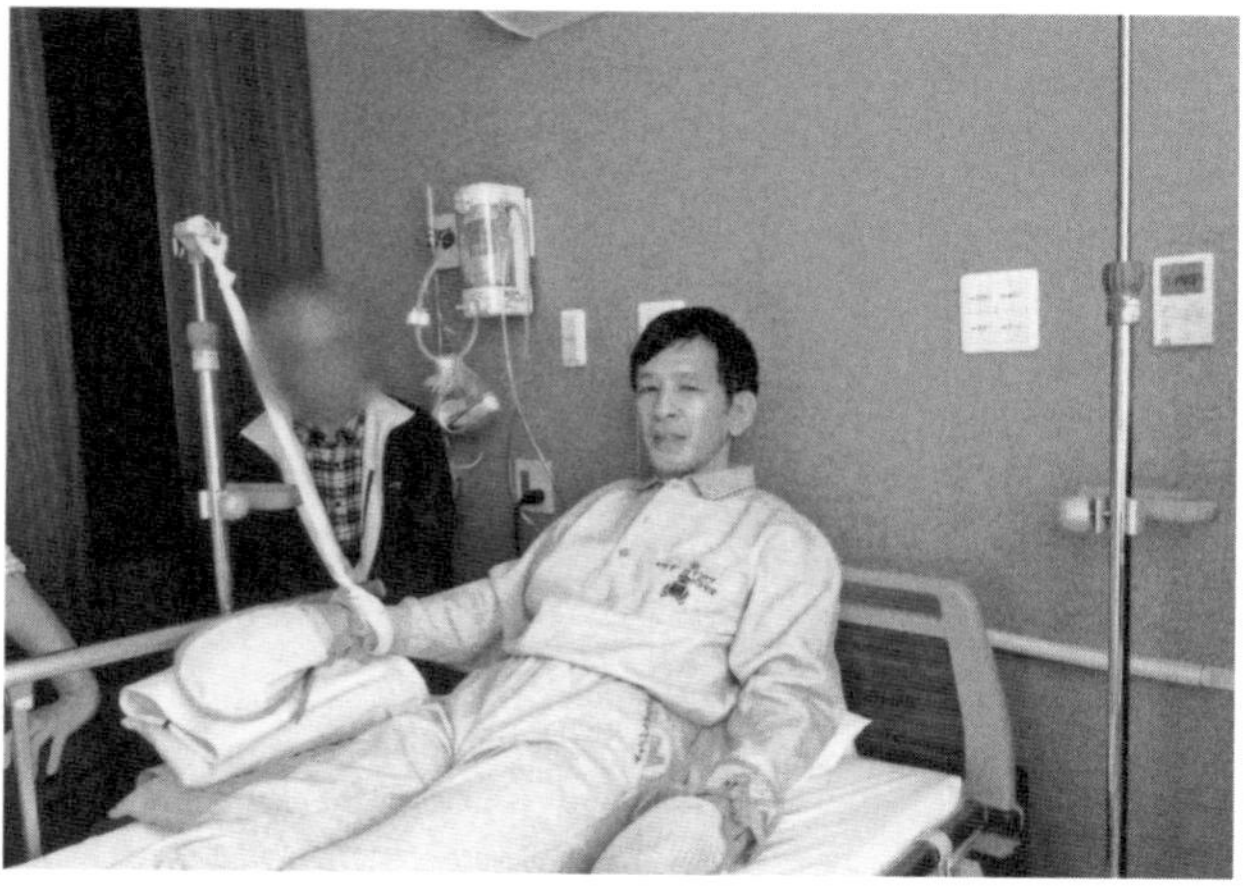

入院中のボク

ボクの顔つきで、それを察したママが「かずのりには本当のことを言ってください」と頼んだ。その先生はボクに謝ってくれた。いつも優しくて元気な女の先生だった。そしてママが「許しなさい」と言ったので、ボクも許してあげた。

ボクは気持ちがスーッとして元の顔になった。

でも、ボクの骨折と傷は進行していた。心配したママは自分の主治医に相談すると、ボクが入院していた病院内の専門のお医者さんを紹介してくれて、さらに手配までしてくれた。開放骨折だったのだ。

すぐに手術することになった。傷口から入りこんだ恐ろしい菌のために、7階の1人部屋で1週間の入院になった。

ボクのような子が手術を受けて入院しているのは大変。「騒いだらすぐ出て行ってもらいます」と言われて、パパやママは青くなった。

でも、ボクはちゃんと1人で車椅子に乗り、骨折した骨を削り、傷口の菌を除く手術を受けた。ボクの薬指は短くなった。

その後も、また大変。氷で手術した右手を冷やし、左手に点滴の針をさされて、さらに動かないようにベッドに縛り付けられ、十文字のようになった。イエスさまの十字架のように。お世話になっている神父さまから「かずのりはイエスさまの道を歩む」と言われていたので、ボクの姿を見たママは驚いた。

ベッドでは怖くて緊張して、何枚ものズボンやパンツを濡らしてしまった。

ママは、毎日それを洗って届けてくれた。ボクの好きな食事と一緒に。

そして、いつも園の先生が交代でベッドの横にいてくれた。

傷の痛みが少し良くなったときには、パパやママとエレベーターで7階から下に降りて、ボクたちがいつも行く場所へ車で行った。

そして、1週間後に薬をもらって退院できた。

そのもらった薬で、ボクの体一面にブツブツができて、ものすごいかゆみ。ブツブツの上に、さらにブツブツが重なって、両手はミトンで使えないから、壁に体をこすりつけてかいた。指の傷口から入った菌を殺す薬のため、とわかった。

薬は飲みきり終了となり、やっとかゆみから解放された。

ママのうつ

ボクが指の開放骨折したのは、ちょうど70歳のママの誕生日だった。

ボクの骨折が引き金となったようで、視力が落ち、眼医者に行くと、ママはボクが入院した病院を紹介された。そこで「軽くないうつ病」と言われた。それから6年間のママの苦しみが始まった。

その病気の上に、イスラエルで痛めた首の頸椎ヘルニアが原因で顔、両腕、背中に痛みが広がった。尾てい骨の骨折、横突起骨折、圧迫骨折そして4番目は頸椎ヘルニアだった。

その上、5番目の腰椎狭窄症の痛みが出て、顔と腰から脚までも痛み始めた。どの薬も効かなかった。さらにうつ病も加わった。

顔も痛みと痺れで、口も目も動かせなくなった。ことばももちろん話せず、腕も脚も痛みで動かせなくなり、寝たままになった。

ママはボクが家に帰ったときは、ボクのことはなんとかやってくれたけれど、ボクがソファーに座っているのに、いつものように横で話もしてくれないし、ママを呼びに行っても来てくれなかった。

ママはずっと横になったままだった。前の元気なママとは全くの別人だった。

いろいろな薬を試したが、ママの痛みは消えなかった。痛みに効くのは麻薬しかない、と言われて痛みに耐えた。この痛みと一生付き合おう、と大決心をしてから、6年続いた痛みが少しずつ引いていった。お医者さんは、「若いときからたまっていた体と神経の疲れでしょう」

と言った。

パパの脳梗塞

ボクは、家に帰ったり、大きなスーパーへパパとママが買い物や食事に連れて行ってくれるのが楽しみ。

家に帰ったとき、パパとよく話をした。ボクの一番好きな食べ物はエビフライ。卵かけご飯、オムライスもそろそろ食べたい。眠ると家にいる楽しい時間が短くなるようで、いつも眠れなかった。

排泄がうまくできないボクは、家に帰るとよく失敗した。特にパパと一緒にいる夜は、緊張がゆるんで大変だった。その処理でパパは夜、寝られないこともあった。ボクが毎週家に帰るので、パパは徹夜して仕事をすることが多くなった。そしてパパは、締め切りの迫った仕事を抱えていても、ボクのことをしてくれていた。

ママの一番恐れていたことが起こった。朝の3時頃、パパがボクの部屋でボクの世話をしてくれているとき、急に床に倒れて動けなくなった。ボクは心配して何度もパパの顔をのぞき込んだが、ちっとも動いてくれなかった。しばらくすると、パパは床をはって隣の自分の部屋のベッドによじ登り、横になった。

ボクはどうしてよいのかわからないので、たくさんのものであふれているパパの部屋を、きれいにしてあげようと思って片付けてやった。ボクが帰った後、ママはボクが片付けたものを探すのに大変だったらしい。

朝、いつもの時間にボクたちが2階から降りてこないのを心配したママが、ベッドの上で口を動かせないパパを見て仰天。救急安心センター#7119に電話をすると、すぐ「救急車が行きます」と言われた。ママはボクに「園に帰るよ」と言ったので、すぐ1人で家を出た。

ママは、パパが救急車に運ばれてからボクがいないのに気づいた。ママは近所を探し回っても見つからないので、警察にボクが迷子になっていることを届けた。

パパが大変なことになったので、ボクは1人で園に帰ろうと家を飛び出したが、どうやら歩いていくのは無理そうだったし、パパのことも心配になって家に戻った。そのとき、パパが乗った救急車が出るところだった。

パトカーには何度も乗っていて楽しかったが、救急車は大きな音を鳴らすので、何度乗ってもなれないと思う。

隣の市の救急医療センターに着いたパパは何かの手当てを受けていた。ボクはこわくて心配で、トイレにばかり行って、ママを手こずらした。やっと、園の先生がボクを迎えに来てくれた。ママは悲しそうにボクを抱きしめてくれた。

パパは頭の血が少し詰まって、一過性脳虚血発作（一時的な脳梗塞）だった。5日後に、パパは退院した。ボクはしばらくの間、パパとママには会えなかった。

ママは半年ほど前から「変わる、変わる」と誰かに言われていた気がして、ボクとの生活が変わるのではないか、と恐れていた。そして、いつか神社で「変わる　変わる」と聞いたことを思い出した。

ジャニス

アメリカのイリノイ州に住んでいたジャニスは、離婚のためカリフォルニア州に移った。そして、ひとりで働いて3人の娘を育て上げた。娘のシンディも4人の子供とご主人と一緒にジャニスのマンションの近くに住んでいた。末娘のクリスティは、結婚したけれども離婚して一人息子のギャビンを1人で育てていた。ジャニスはクリスティとギャビンと一緒に暮らし始めた。

　ある日「サキ、大変」とママにジャニスからメールが来た。ギャビンがボクと同じ病気とのこと。ボクと同じ障がいのある人たちが住む家で働いていたクリスティは、いちはやくギャビンの状態に気づいた。仕事を減らしてギャビンにかかりきりになり、ギャビンはすばらしい早さで良くなった。

　そのクリスティが、病になり亡くなった。それは、ジャニスが昔わずらった病と同じ。ジャニスは手術で完全に回復したので、クリスティにあらゆる治療を受けさせた。特殊な治療のために、メキシコまでも行った。

　その治療代とメキシコへの費用のために、自分の車まで売ってしまった。でも、そのかいもなく、クリスティは亡くなってしまった。

　ギャビンは、おばあさんのジャニス

ギャビン

との2人暮らしになった。

ギャビンは、ボクを兄弟と呼んでくれる。一度テレビ電話で会ったことがあった。ボクはギャビンをとっても賢い、と思った。


娘の死を嘆き悲しみ、うつ病になったジャニスだけれど、今は一緒に住んでいるギャビンがいろいろと助けてくれる。そして彼が高校を卒業するのを楽しみにしている。

ママは中学で英語の授業が始まってすぐペンフレンドになってから、一度ジャニスに会いに行ったことがあった。クリスティが元気なときには、スカイプで会ったこともあった。

ママとジャニスは65年もの長い間、手紙とメールでお互いに連絡を取り合い、それは今でも続いている。

ママは、ムッコおばちゃんとの連絡もなくなり寂しかったが、地球の裏側のジャニスからの励ましがいつもある。

2人は最初からシスターと呼び合っていたが、そのとおりになった。

第七章　ことばあそび

高田のバ・バ

初めての施設、Ｇ学園に入った中学生のとき、ママはボクの指先を動かすために針治療を受けさせようとした。家の近くの駅までボクとあっ君は自転車に乗り、パパの自転車には後ろにママが乗って行った。

高田馬場まで、電車を乗り継いで行った。

ボクはみんなで出かけるのがうれしくて、学校でも「高田のバ・バ」と言っていた。クラスの友達には、「高田のババア」と聞こえ、「高田に住むおばあさん」と思ったようで、面白かったらしい。ボクもそれにのって友達の言葉をまねて言い、楽しんだ。先生がボクのママに、そのことを言うと「高田馬場まで針治療に行っている。針医師はおばあさん」とみんなに説明した。

赤い石

あっ君もボクも中学生のとき、夏休みに家族で富士山の5合目まで車で行った。そのとき、赤い石がいっぱいあった。家に帰って、ボクが「あかい、いし」と言ったが、誰もわからなかった。翌年、2度目に行ったとき、ほんとうに「赤い石」があるので、みんなは驚いた。それを4個家に持ち帰って、飾り棚にならべた。ボクの観察力に親は驚いた。それ以後、車で富士山5合目まで行くのは禁止になった。

行ってくる

ボクは家から外へ出て、家に戻るのが好き。帰るところがあって大好き。それで親に「行ってくる」といつも言っていた。親がその意味がわかるのに、さほど時間はかからなかった。ボクがあまりに「行ってくる・行ってくる」と言うので、ママも冗談で「いく・いく・園に行く」とおどしたこともあった。ボクは「ギクッ」とした。

梅雨とつゆ

家にいるとき、雨の日ばかり続いて「行ってくる・行ってくる」とボクが言うのに、「雨だからダメ。今は梅雨」とママが言う。

「毎日、雨が降り続くのを梅雨」とママが教えてくれた。それからも雨が続いて、車でドライブばかり。パトロールも散歩もできず、ボクはイラだってしまった。

それで「梅雨　つゆ」と何度も親に言った。やっとママが「わかった。つゆ　はお椀で飲む貝の〝おつゆ〟のこと？」と言ったので、「そう」と言い、ボクは、ほっとした。貝のおつゆや味噌汁はボクの大好物。

あめとあめ玉

家で、いつものように「行ってくる・行ってくる」と何度言っても、親はわからず「外は雨が降っているからダメ」と言う。面白くないので「あめ、あめ」と何度も言うとボクのジョークに気がついて、「わかった。かずくん。あめ玉のことね」とやっとママに通じた。でも、「飴はボクの歯につくから」と言ってもらえなかった。

ママはボクが自分の欲しいものを、はっきり言えたことをほめてくれて、いつもは食べさせてもらえない飴を特別なごほうび、としてくれるのではないかと期待したのに。残念だった。

柿とカキ

家の庭には、柿の木がある。ボクのおじいちゃんが引っ越しを記念して植えてくれたが、何度も植え直しているうちに、枯れてしまった。それでパパとママが、ボクの養護学校への入学を記念して、おじいちゃんからもう一度柿の木をもらって庭に植え直したものだ。

その木が大きくなり、秋になると見事な実をつけるようになった。とっても甘くて、「このかいわいでは、一番甘い」と、それを食べた人は言ってくれる。

ママが皮をむいて、それを「柿だよ」と言ってテーブルに出してくれる。それを食べながら、「かき、かき」と、何度も繰り返したら、やっと、「それって、カキ。魚のカキ」と気づいてくれた。ボクは、カキフライが好き。それよりもエビフライのほうが、もっと好きなんだけれど。

でも、ボクのジョークに気づいてくれたときが一番うれしい。

ココアとコーヒー

ボクはコーヒーが好き。ボクが「ココア」と言うと、ママはコーヒーを入れてくれる。でも、ママはコーヒーが飲めない。ボクは開放骨折で黄色ブドウ球菌を除く手術をしたとき、菌を完全に除くために薬を飲んだ。その薬のために、服薬中は「コーヒーは飲まないように」とお医者さんから言われた。それでママはボクのために、これからはコーヒーは絶対飲まない、と決めたのだ。

でもボクのためには、ココアを入れてくれる。「コーヒー」と書いてある青い箱から包みを出して、インスタント・ココアを作ってくれる。そのコーヒーにはミルクと砂糖がたっぷり入っている。いつかリバス神父さまが、コーヒーの中にミルクと砂糖をたくさん入れておいしそうに飲むのを見たことがあった。

ママが入れてくれるコーヒーはとっても甘くて、それまでの缶コーヒーとは違った。あのときのコーヒーだ。これはココアだ、と決めた。ママが作ってくれるココアを飲むたびに、ボクのことをお祈りしてくれる神父さまを思い出す。

空気とクッキー

ボクは愛車のタイヤの空気が、いつも気になる。愛車に乗る前「空気はどうかな」とパパがいつも言う。

それで、部屋にいるときに「空気、空気」とパパに教えてあげる。でも、「クッキー・クッキー」と聞こえたようで、ママはクッキーを出してくれる。

ボクがあまりにも「クッキー・クッキー」と言うので、ママが「タイヤの空気?」と、やっと気がついた。ボクはほっとした。

冒険

ボクは電車に乗るのが好き。切符を買ってもらってポケットに入れ、ポンポンとポケットをたたいて確かめる。パパと、新宿へはよく行った。

カツカレーに凝って、そればかり食べるときがあった。次に立川に2人で行って、いろいろなオムレツを食べた。ボクはオムレツが大好き。ママがそれを作ってくれたけれど、お店で食べるのとは違った味がした。「かずは味覚が確か」と、いつもママが言う。

次に電車に乗って行くところは、なくなった。パパとママが年をとり、車で近くの大きなスーパーに行くことになってしまったから。ボクの冒険も終わった。

うさぎ　の　ダンス

家でパパと入浴をした後は、ママとうさぎのダンスをする。ボクの大きな足の上に、ママが足をのせる。

「そそら　そらそら　うさぎのダンス。たらった　らった　らった　らった　らった　らった　らー・跳んではねはね　ぴょんこ　ぴょんこ　おどる・耳にはちまき　らった　らった　らったらー」と、ママが歌うダンスの歌に合わせてボクは足を片方ずつ上げる。園にいるときも、それを思い出して、顔がゆるんでしまう。

アーメン

ボクが家から園に帰る前には、パパとママとテーブルの周りのイスに座って、３人でお祈りをする。そして、ショッピングセンターで食事をし別れるときは車の中で。テレビ電話が終わるときも同じようにお祈りをする。ママがボクのかわりにお祈りの言葉を言った後で、「アー」と言うとボクは「メン」と言う。

園では夜、ベッドの中で、ひとりで、ママがいつも言うお祈りの言葉を黙って言う。パパとママに会ったとき、ママはボクに「元気だった？」と聞いた後で、必ず「お祈りしている？してない？」と聞く。「している」と答えた後で、ほっとして「神さま、とのおしゃべり。これがお祈り、だからしてね」とリバス神父さまが教えてくれたことを言う。だから「してない」と答えないようにしている。

感謝します

家に帰ったときは、家の周りをパパは自転車、ボクは愛車でパトロールする。パパ、ママと一緒に、車で大きなショッピングセンターへ買い物に行く。ボクは必ずクリームソーダ、コーヒーを飲み、フライドポテトを食べてから家へ帰る。

帰りの車の中で日が早くかげってくるのに驚いて、思わず口から「は・や・い」と物の名前でない言葉が出てしまった。親は、これを聞いて少し驚いて喜んでいた。

「せ・ん・た・く・もの」と、ふたりに忘れないように教えてあげたこともあった。

また、いつものケースにお米がないのを見て、「こめ・ない・せいきょう」と教えてあげた。その頃ボクの家では、食べ物は全部、近くの生協マーケットで買っていたから。

背中がかゆいときは、いつもイスに座っているパパの前で「かいて」と言うと、パパはボクの首の後ろに手を入れて「きーき、いいか?」と言って、背中をかいてくれる。パパの大きな手とあたたかさが、かゆみを消して、いつも、とても「いい、きーき」になる。

園に帰る車の中では大好きな缶コーヒーを出してくれる。飲み終わった後では、いつもパパと朝、お祈りしている「か・ん・しゃ・し・ま・す」を2人に言うし、外食でおいしいものを食べさせてくれたときや、ママの料理がおいしいときも、きちんと両手を合わせて、「ごちそうさまでした」と、お礼を言うことにしている。

パパとボクのパトロール

第八章　現在のボク　大切な家族のこと

ボクの仕事

園でのボクは、がんばって仕事をしている。ボクの仕事は、粘土、缶つぶし、マウスをバラバラにしたり、玉刺し、といわれるものだ。

集中することが楽しくて、うまくできたときには両手がペラペラと動いてしまう。「ちょうちょの坊や」と言われていた昔のくせが出てしまう。

あるとき、若い男の先生がボクがいつもいるサロンに入ってきた。ボクが気に入った先生だったので、先生の手を取って「すわる」と言ったら、先生がイスに座ってくれた。

ボクがいつも楽しくしている玉刺しを先生の前に出して、「やる」と言ったら、先生はびっくりしながら楽しそうにしてやってくれた。

後でその先生は、「なぜかうれしかった」と、パパとママに報告した。実はボクもうれしかったのだ。パパとママもボクの園での毎日に少し触れたような気がして、ほっとした。

パパのこと

パパが大学の仕事をやめてから、翻訳の仕事が軌道に乗るまで10年かかった。ママはその間、教室の仕事やおじいちゃんの遠距離介護で大変だった。パパは、ワープロの操作や慣れない翻訳で、自分の部屋にとじこもりきりだった。ママは、パパの事情がわからず、お互いにギクシャクして、ついにママは「別れよう」と言い始めた。ママが「パパと別れるつもり」とリバス神父さまに言うと、「お会いしましょう」とパパ、ママとの面談の時間を下さった。

そしてパパとママは、それぞれ別の日にリバス神父さまと面談した。

パパのお父さんは、パパが生まれてくる前に亡くなって、残されたお母さんがひとりで、パパの2人のお姉さん、お兄さん、そしてパパの4人の子供を育ててくれた。

パパのお母さんが働いている間、パパはお母さんの実家に預けられた。そこで、お母さんのお父さんにあたるボクのおじいちゃんからひどいいじめを受け、心が深く傷つき、人間不信になった。

パパは、パパのお母さんの実家に預けられるのをいやがるようになり、お母さんが働きに行っている間は、お母さんが作ったお弁当を食べて自分の家で、ひとりでいろいろな遊びをしながら楽しく過ごしていた。

でもパパは小さいときおじいちゃんから受けた心の傷をいつも抱えていて、心に怒りの気持ちを持っていた。神父さまは、このことを見抜かれて、クサビの形の図を描いて、神様が、パパがお母さんのお腹の中で生命をさずかったときから共におられて、パパを愛してくれていたことを、聖書のみことばをいくつも引用して、説明してくれた。

パパは、これを聞いて「はっ」とした。とたんにパパの心から怒りの気持ちが消えていくのを感じた。パパの心はおじいちゃんへの「うらみ」という、偏った方向にだけ行っていたことに気がついた。

リバス神父さまと15冊目の著書

神様は実は、パパのおばあちゃんやお母さん、パパのお姉さんやお兄さんなどを使って、自分を助けてくれていたことが、一瞬のうちに心に浮かんだ。

そのような気付きを導いてくださったリバス神父さまに、パパは感謝した。またこのようなことが起こったのは、リバス神父さまの祈りによるのだ、とパパは感謝している。心の傷がすっかり癒やされたパパは、おだやかにママと暮らせるようになった。

コロナ

突然、先生たちや園の中で働いている人たち全員が、口に白い布をつけた。

後になって、マスクというものであることを知った。

パパやママは全く来てくれないし、ボクの好きな「まち」へは全く行けない。

家へは、ずーっと帰れないいし、パパ、ママとの食事もない。時々パパやママは荷物を送ってくれて、それにはボクの読める字で書かれたカードがそえてある。

そして先生がパパ、ママと会えるようにと、テレビ電話ができるようにしてくれた。でも「でんわ」で話すのも苦手なボクには、テレビに向かって話すなんてとんでもない。先生が

「パパとママに会えるよ」と言ってくれたが、2人がテレビに映るなんて考えられない。テレビは、いつも勝手なことをしているだけ、と思い込んでいた。

クリスマスが来てもまるいケーキを食べられなかったし、お正月になってもママの作った大好きなお餅も食べられなくて、ボクは落ち込んでいた。

お正月のテレビ電話に弟のあっ君、お嫁さんのスーザンさん、お人形のようにかわいい女の子と男の子が写った。そして次の瞬間、1つのテレビの画面に2人の老人とボクの顔、あっ君とスーザンさんの、5つの顔が並んでいるので「あれ」と思った。

次のテレビ電話のときも、先生がくれた缶コーヒーを持ってテレビの前に座った。

先生と、テレビの中のよくボクのことを知っていて時々涙を流すおばあさんの話を聞いているうちに、どうやらこの缶コーヒーを送ってくれたのはテレビの中のおばあさんらしい。そしてその横に、いつもニコニコとボクを見ているのは「おやじ」らしい。「おやじだ！」とわかった。

思わず手が伸びて「パパ、パパ」と言ったら、おじいさんも手を伸ばしてくれた。

パパだった。横にいるおばあさんがママだった。ボクの右手は、肩の上に伸びてペラペラと手が動いた。ボクが楽しいときにする、いつものポーズ。

それを見た2人の顔がにっこり。

ボクのお手伝い

ボクは、家に帰らなきゃならない。洗濯物を運んだり干したり入れたり、パパが洗ってママが拭いたお皿や、フォークも棚や引き出しにしまわなきゃいけない。

ママが掃除をするときには、掃除機を出してあげ、コードが足らなくなったときは、コードをコンセントに差し替えてあげ、掃除が終わったときには、掃除機をしまってあげる。

ボクは卵を割るのが上手。家での朝食のときは、ボクの好きな目玉焼きの卵をいつも自分で割る。卵の黄身がこわれることもあるが、そんなときはさっと逃げる。

でも、くずれた卵をママは上手な目玉焼きにしてくれる。ママが作る目玉焼きはいつもおいしい。

タマネギの皮をむくのも、得意。家にいるときは、必ずタマネギの皮を一つむく。ボクが園に帰った後で、ママが使うために。

家に帰ったとき、ボクが欲しいものは近くのスーパーへ、ボクは白い愛車でパパは自分の自転車で買いに行く。

でも、ママやパパが「パトロールするよ」と言ったときは、家の周りに変わりはないかをパパと2人で、これもまたそれぞれの自転車に乗って確かめに行く。これも、ボクのだいじな家でのお仕事。

ボクは園でも先生のお手伝いをしている。燃えるゴミが入った大きな袋や、燃えないゴミが入った袋を建物の外に出しに行く。地下から洗濯されたものが入った大きなカゴを、エレベーターに乗せて部屋に運ぶ。とっても重いけれど。

夜、ベッドに入る前に、先生と2人で園の広い建物の中を歩く。地下の機械室や2階の広い交流室なども変わりはないか、とパトロールする。これは園でのボクの一番の楽しいお手伝い。「お手伝いをたくさんすると、いい子になれるよ」とママがいつも言うから。

ボクは、家で待っているパパとママのお手伝いをしなければならない。

園でのお手伝い中

ふたりはボクを待っている。

3年半以上パパやママと会えないなんて生まれて初めてのこと。

2人も相当さみしかったようで、特にママはいつも以上に落ち込んでいた。聖書で読んだ「希望は決して裏切らない」そのことばが心に広がって2人は落ち着いた。

ボクは小さい頃「ちょうちょの坊や」とか「きちがい君」と呼ばれていた。

奇声を出して走り回ったり、いやなときには周りの人の手に爪をたてたり、そばにいる人の髪の毛をむしったりした。楽しいときには手を上げて指をペラペラさせる。

今ではしなくちゃいけないこと、してはいけないことは、はっきりわかっているのに、「いやだ」と、思うと知らないうちに悪いことをしてしまう。ボクのように脳に障がいがある者には、自分の気持ちを表現する方法が限られている。

特にボクには前頭葉に問題があるそうだから、なおさら感情を抑えることは大変。

終章

神父さまの帰天

この最後の部分を書いているときに、神父さまが危篤になられた、との知らせがママに入った。

ママは、動揺して何も手につかなかった。

ママの心に「今こそ、この僕を安らかに去らせてくださいます。わたしはこの目で多くの救いを見たからです」のことばが心に広がった。

リバス神父さまは、神様はおられること、そして、神様がひとりひとりを愛しておられることを、多くの人々に伝えてくださった。

ママが夕方、ふと南の空を見ると、白っぽい1月の青い空に、手を広げたような放射状の雲、後で知った、ジェット巻雲が、夕陽を受けてやさしく浮かんでいた。神父さまの手のように。

ふと、神父さまは天国に帰られたかもしれない、とパパとママは思った。

次の日、ママは神父さまが亡くなられた（1月21日）というメールを受け取った。

あの美しい雲を見た夜に、神父さまは亡くなられたのだ。

あの夕空の雲は67年間、ボクたちのために働いてくださったリバス神父さまが、天国に帰られたしるし。夕陽の巻雲は、パパとママの心に焼きついた。

神父さまは多くの本を書かれ、天国へお帰りになる3ヵ月前、漫画本まで出された。この世にいる最後まで、ユーモアを忘れない楽しい神父さまだった。

ボクは、神父さまが言ったように「たからもの」。

パパとママの「たからもの」。あっ君はもうひとつの「たからもの」。

かずのりへ―ママより―

かず君が生まれてからのパパとママは大変だった。他の人には想像できない毎日を過ごした。でも、その生活を楽しんだ。

パパとママは楽しみながらも、精一杯だった。でも、かず君を助けてくれる周りのすばらしい人たちに大勢、出会うことができ、助けてもくれた。今でも。

そして私たちの人生を輝かせてくれ、人並みはずれた豊かな人生を送らせてくれた。かず君には感謝している。

かず君に、いやなこと・不愉快なことが起こらないように。そして、みじめな気持ちにならないように、と毎日お祈りしている。

かず君が、押しやられた社会の片隅で、一生けんめい生き、そしてパパとママの暮らしを豊かにしてくれたことの、ふたつを残したい。それで、かず君のことを書いた。

今のパパとママの希望は、「かず君が生きていて、よかった」と笑顔で思えること。

そのために、いつでも、そして、いつまでも、かず君に会えるように元気でいたい。

リバス神父さまは「かずのりには、祈りがもっともっと必要」と言われた。聖書の山上の垂訓から「心の清い人々は、幸いである。その人々は神を見る」のことばを、かず君に重ね合わせて毎日お祈りしている。

おわりに

四十有余年書き続けた日記を読み返し、昔の日々を呼び戻しました。

障がいと共に生まれた一哲が50歳になりました。

彼との歩みを書き、読み返しているうちに、初めの意図とは異なり、長男、次男への痛恨の思いが増してきました。そして私の贖罪が少しでもできれば、との思いに変わってきました。長男の訴えかける目と、次男の笑顔だけしか思い出せません。

ジェットコースターに乗っているかのごとく、変化に富んだ日々の各場面が一哲の顔と共にフラッシュバックされました。

表情に乏しいと思い込んでいた彼の顔に、実は様々な思いが表れていたこと。

彼が言葉で表現することは、伝えたい気持ちのほんの一部であったこと。また、それを汲み取りきれなかったことも。また、心からの笑顔を見ることが本当に少なかったことにも。親として改めて、悔やみ、申し訳ないと思います。

そして、施設でのご指導のおかげで、彼が仕事と決めている作業が彼の生きがいであり、情緒が不安定なときでも、作業のいすに座り手を動かすことで落ち着きを取り戻す、との報告を戴きました。

一哲が、園での作業が自分の仕事である、と自覚をし、それに集中して生きがいを感じて落ち着いて平安に過ごせるようにご指導下さいましたことに、安堵し感謝しております。

この物語を何度も読み返すうちに、私の二つの「たからもの」と過ごした日々こそが私の本当の「たからもの」であったことに、遅まきながら気づきました。

最後に、この物語の「たからもの」にはこの二つが含まれていること。

そして障がいをもつ者との生活は、周りの人々の心を広げ豊かにしてくれていることを皆様におわかりいただけたら、と願っております。

田辺　沙樹

私の綴ってきた思い出の記録

私はこれまで折に触れ、身の回りのことを書いてきた。
そのときの思いを残すため、ここに記しておく。

93年の人生の祝福された最後
みことばに導かれ、支えられた4年2ヵ月の遠距離介護
(雲の間にある虹出版)

遠距離介護のなかで

（日本尊厳死協会掲載『Living Will』内の「私の入会動機」、２０２１年）

17年ほど前、遠方に住む父の介護に通い始めました。しばらくして、それを知った知人から「死に臨んでも自分の思いを伝える方法がある」と言われ、尊厳死協会という存在を教えられました。そして私たち夫婦は、14年前、尊厳死協会に入会しました。父にも協会の趣旨を伝えますと、「オレの思いと同じ」と言って、すぐに入会しました。

その後、父は老人ホームに入り病気になりましたので、ホームの係の方に、父が尊厳死協会の会員であることを伝え、カードをお見せしました。その方は「これさえあれば大丈夫」と言ってくださいました。協会のことをご存じだったようです。

そしてある日の早朝、父の介護に向かう電車のなかで携帯電話がなりました。父が突然倒れ病院に運ばれたとのこと。電話口で医師から「延命治療をしますか」と言われ、「しなくていいです」と即座に答えました。

旅立った父の顔は安らかでした。6年におよぶ遠距離介護が終わりました。父の最期には間に合いませんでしたが、協会に入会するときに父の気持ちを聞けたことが私の気持ちを慰めてくれました。後悔のない介護の終わりに感謝しました。

京橋さん　屋号に顔を輝かせた父

（朝日新聞朝刊「声」欄「名前の物語」、２０２１年９月11日掲載）

12年前、父が93歳でこの世を去りました。父は戦後、静岡県の田舎町で小さな家を建て、紳士服の縫製の仕事を始めました。家に不釣り合いな大きな看板には、「京橋洋服店」と書かれていました。

「京橋」は聞いたことがない言葉でした。小学生の私が尋ねると、父は話してくれました。母と私を連れて、東京から疎開先の生まれ故郷に戻ったこと。東京にいた頃、商業地としてにぎわう京橋が気に入り、自分が店を出したらその名前を入れようと思ったこと。肺を患った父は丈夫ではありませんでしたが、開店してから遮二無二働き、小さな町でその屋号が認知されるようになりました。

父は名前を聞かれると、店の屋号で答えていました。父の顔は生き生きと輝いていました。私も「京橋の娘です」と胸を張って言いました。

父は晩年、老人ホームに入居。名前で呼ばれるのが好きではないようでした。店のことを知る職員さんが「京橋さん」と呼びかけると、父はつらつと返事をしていました。名前が人を支え、変えることに、驚き、感謝しました。

施設で暮らす息子と心つなぐ場

（朝日新聞朝刊「声」欄「みんなで語ろう外食」、2022年5月7日掲載）

以前、私たち夫婦は毎週末、片道4～5時間かけて遠方の障がい者施設へ通いました。入所している長男に会うためです。長男に会った時は、必ずファミリーレストランで食事をしました。

口にする言葉が少ない東京育ちの彼は「まち」が好きと言います。遠方の「やま」での慣れない施設生活をしいられた彼の苦痛を少しでも和らげようと、レストランでは好きなものを食べてもらっていました。

父親の「頑張れよ」の言葉に、これまで発したことがなかった、「泣かない」という新しい言葉で返事をした時は驚きました。耐える生活の中でも、彼なりに成長しているのをうれしく思いました。その後東京近郊の「やま」の施設に移ってからも、会いに行くたびレストランで食事をし、彼が心を落ち着かせ、毎日の生活を楽しんでいる様子がわかりました。

コロナ禍で今、彼は自宅に一時帰宅ができません。今後もお店で好きなものを食べてほっとしている彼の顔を見て、彼が今どのような生活をしているかを知りたいというのが、私の願いです。外での食事は私たち親子にとっては心をつなぎ合う場なのです。

親子の絆つないだウェブ面談

（朝日新聞朝刊「声」欄「本当の幸せって？　下」、2022年12月8日掲載）


コロナ禍で、施設生活の長い50歳の長男と会えなくなり、互いに不安な毎日を送っていました。面会禁止から半年が過ぎた頃、ウェブ面会ができるようになりました。でも、重度知的障がいのある彼は、画面に映る老夫婦が自分の両親であると理解できないのです。

正月、次男の家族と私たち夫婦がウェブ面会に臨みました。長男は私たちと自分の顔が映る画面を見て手を振り、「パパ」と言いました。画面に映る老夫婦が自分の親であることにようやく気づいたのです。「何が欲しいの」と聞きますと「ママ」、そして「家に帰りたい」と言いました。

それ以来、長男は落ち着きを取り戻し、私たちも平安に過ごしています。互いの想《おも》いを確認し、望みを抱いて過ごすこと。私たちの幸せが「本当の幸せ」であるように思います。

◇朝日新聞の朝刊「声」に投稿した未掲載の文（2021〜2023年）

厳しかった母との思い出は桜（2021年）

今から40年ほど前、桜の時期に郷里の母が上京したとき、近くの大きな公園へ私の子供たちと行きました。

満開の桜の花びらを浴びて、大きな桜の木々に囲まれた広場に出ました。気持ちの良い澄みきった青い空と桜の花が溶け合った広場で、子供たちが遊ぶのを見た母は「まるで雲の中にいるみたい」と言いました。

いつも長女の私には厳しかった母でしたが、思わずもらした母のひと言。母と私の心が溶け合った瞬間でした。唯一の楽しい懐かしい思い出です。

思い出の洋食は「母とカーキ色のカレーライス」（２０２２年）

今から70年ほど前のことです。街には国民服のカーキ色の帽子、ズボンをはいた男の人を多く見かけて、食べ物にも不自由な時代でした。

今は亡き母が、どこからか手に入れた粉でカレーライスを作ってくれました。いつも煮物、焼き魚に慣れていた子供には、初めて平らなお皿から、お箸ではなくてスプーンを使い、食べる洋食は新鮮でした。子供心にも異国のにおいを感じ、周りの物不足を忘れさせてくれ、豊かな気持ちになれる、楽しみな食事でした。

長女の私には殊の外厳しい母でしたが、大家族のため多量の野菜の皮をむく時には、成長して、包丁を使えるようになった私も手伝えるようになり、一緒に作りながら、そしていろいろな話をしながら作りました。

その時だけは、お互いの心に触れた思いがしました。あの水っぽいカーキ色のカレーライスは、母との心を通わせた初めての料理、そして洋食でした。カレーライスは古いこれまでの時代を破り、時の流れを新しくしたことに気づきました。物がなかった時代を思うと、同時に、母と楽しく作ったカーキ色のカレーライスを思い出します。

樹木と私　父の柿の木の　ひこばえが実をつけた（2023年）

今から54年ほど前、家を買った時、田舎の父がまるでゴボウのように細い柿の木の苗木を一本携えてはるばる上京し、狭い庭に植えてくれました。

家には実のなる木を一本は植えた方がよい、との父の持論のためでした。

様々な事情で2回移植しましたのでその木は枯れてしまいましたが、重度知的障がいの長男の養護学校への入学を記念し、祈りを込めて、改めて柿の苗木を父に頼んで手に入れてもらい、その時は私たちで植えました。

その7年後から実をつけ初めて、一度に100個以上の見事な実をつけて、近隣でもどの柿よりも美味しい、といわれておりました。

しかし30年ほどたちましたら、木の衰えと共に虫がつき、また病気らしい症状が出て、私たちの体もかゆくなってきたので、やむを得ず切ってしまいました。

翌年、その切り株から数本のひこばえが芽を出し、そのうちの一本を主人が大事にしておりましたら、3年後に以前に劣らぬ見事な実を20個つけました。

かつての若木だった頃の柿の木のように病の症状もない木によみがえり、父と再会できたように思いました。父が亡くなってちょうど10年後のことでした。

金剛杖と赤い石（2023年）

今は亡き病弱だった母がよく「女学校時代に金剛杖をついて、『六根清浄、六根清浄』と全員で唱えながら富士山に登った」と、元気だった頃の昔の日々を懐かしむように、よく話してくれたものでした。それから、私は結婚して母の元を離れ、今から四十年程前、家族で、車に乗り富士山の五合目まで行きました。その日は生憎と雲と霧であたりがよく見えませんでしたが、帰ってから重度知的障がいの長男がさかんに「赤い石、あった」と言いました。当てにならないことを言うと思っておりましたが、翌年、再度車で五合目まで行き、周りをよく見ますと、彼の言う通りに赤い石がそこかしこにありました。小さい石を三個持ち帰り、家の棚に飾りました。翌年には五合目までの車での登山は禁止となり、富士山には行かれなくなり、それ以後も行ってはおりません。長い施設暮らしの長男にとっては、棚に飾ってある赤い石は、家族と共に登った富士山の貴重な楽しい思い出の印となったようです。私にとっても、母と家族との貴重な思い出の富士山です。

◇書き留めた文（2022〜2023年）

介護犬モコさん（2022年）

2年ほど前、散歩中に女の人が可愛い茶色の室内犬を抱いて、その周りに数人の子供たちが集まって、にぎやかに何か言っている光景を目にしました。

何度もその光景を見ているうちに、次第にそのワンちゃんがおそるおそる、地面に足を下ろし始め、やがて歩き出しました。

名前はモコさんとのことでした。

モコさんは、ブリーダーによってケージの中に閉じ込められたまま子犬を産ませられ、年をとり不用となって介護カフェに出され、それを買った

介護犬モコさん

とのことでした。

ブリーダー以外の人の顔を見ることなく、ケージの外には出たこともなく過ごしたそうです。外の世界に慣れはじめて、半年後には次第に歩けるようになり、そして、声をあげて駆けていく子供たちと一緒に、嬉しそうに走るようになりました。

目が輝き、信頼の目で飼い主を見つめるようになって、人の顔も見つめるようになりました。人間の都合で、閉じ込められて飼われた期間を取り戻すのは、ただただ同じ人間の愛である、と思わせられます。

最近のことですが、ペットショップで、売れ残ったペットはどうなるのか、と尋ねましたら「この子たちは3~4月で、それぞれ、飼い主が見つかる」とのことでした。そう言う店員さんの優しい声と明るい笑顔に真実を感じ、動物を商品としてではなく人と共に暮らす生き物として、扱っているのに心が和みほっとしました。

ハムスターのパルさん（2023年）

施設で過ごしている長男が、コロナのため面会も帰宅もできず1年が過ぎました。

手許が寂しくなり、ペットショップの小動物コーナーに行きました。真っ白な小さなハムスターがカゴの中でちょこちょこと、動き回っていました。あまりにも可愛くて、その場で買い求めました。パールホワイトハムスターという種類でしたので、パルさん、と名付けました。

ハムスターを飼うのはこれで3度目のことでしたので、ケージなども手許にあるものを使っていましたが、みるみるうちに大きくなり、かわいい小屋や回転車もあっという間に使えなくなり何度も買い換えました。

ひまわりの種を両手で抱えておいしそうに食べる姿を見ると、長男と会えない寂しさを紛らわすことができました。乾燥リンゴをあげましたらあまり食べず、私たちの朝食のリンゴを与えたところ、おいしそうに頬をふくらませて食べました。

それがはじまりでブロッコリーなどの野菜や、豆腐、ヨーグルト、豚肉、鶏肉、魚、チーズ、果物など、家族のひとりとして調理のたびに彼の分を取り分けて作っていました。いつも調理の物音がすると、そわそわし待ちかねていたように飛びついて食べました。

パルさん

特にこたつ布団が気に入り、その中で眠る醍醐味を知り出るのをいやがりましたが、食べ物につられると、しぶしぶとケージに戻るようになりました。

ほとんどこたつ布団にいることが多くなり、彼が入っているのも忘れて掃除のために布団をこたつ板の上に上げ、その上に座布団2枚をのせましたら、真っ白い塊が畳の上に転がりでてきて畳の上を這い回り、あわてたこともありました。

そんなことが、何度も。

また、部屋のどこにも見当たらないので、こたつ布団を上げて掘りごたつの底板に向かって大声で名前を呼びましたら、白い彼が出口を求めて動き回っているところでした。「パルさん」と名前を呼びますと、私の手の平に飛び乗ってきました。

姿が見えないときでも名前を大声で呼んだ時には、慌てた様子で、どこからか飛び出して私の手に乗りました。まるで、母親を捜し求めていたかのように。

また、「おはよう」と言いますと、小屋から顔を出して小さな鼻をくんくんと動かして、目を合わせて挨拶を返してくれました。

私たち老夫婦の息子のように共に過ごしておりましたが、2年を過ぎた頃から鼻に吹き出物が出て次第に大きくなり、動けなくなって食欲も落ちてきました。手のひらに乗せると、今まで家族となり、一緒に過ごした日々のお礼を言うように、私の指を優しくなめました。好きなキュウリやナスをすりおろしたり、トウモロコシの皮をむいてすりつぶしたり、また、豆腐やチーズまでつぶして与えましたが、小松菜の粉末を溶かしたものをなめたのが最後でした。

私の手の上で、いつものように、さすられながら眠るように動かなくなりました。昔、インコの「ピッピ君」が私の手の中で亡くなったように。わずか2年と12日の家族でした。

長男とのウェブ面談にも、必ず登場して、楽しい面談にしてくれていました。彼も、同席してくれていた職員も、パルさんに会うのを楽しみにしておりました。今は、大事な家族を失った悲しみ、ペットロスという言葉に浸っている毎日です。小さな命が私たちの生活を豊かにしてくれました。

著者プロフィール

田辺 沙樹（たなべ さき）

1944 年、東京都生まれ。静岡県で育つ。
東京都在住。
東京女子大学卒業。

（著書）
『たからもの 1　～母がつづる家族の闘いと愛の軌跡～』
（2022 年、私家本／編集協力：朝日新聞社）

たからもの　重度障がい者のボクとまわりの人々との物語

2024年 1 月15日　初版第 1 刷発行

著　者　田辺 沙樹
発行者　瓜谷 綱延
発行所　株式会社文芸社
〒160-0022　東京都新宿区新宿1－10－1
電話　03-5369-3060（代表）
03-5369-2299（販売）

印刷所　図書印刷株式会社

ISBN978-4-286-24782-3